名家小史

【图文版】

宋文学史

柯敦伯 著

山东画报出版社

图书在版编目(CIP)数据

宋文学史/柯敦伯著．—济南：山东画报出版社，
2019.2
（名家小史丛书）
ISBN 978-7-5474-2725-5

Ⅰ.①宋… Ⅱ.①柯… Ⅲ.①中国文学-文学史
Ⅳ.①I209

中国版本图书馆CIP数据核字(2018)第080067号

宋文学史
柯敦伯 著

责任编辑 布吉帅
装帧设计 李 娜

出 版 人 李文波
主管部门 山东出版传媒股份有限公司
出版发行 山东画报出版社
社 址 济南市英雄山路189号B座 邮编 250002
电 话 总编室(0531)82098472
市场部(0531)82098479 82098476(传真)
网 址 http://www.hbcbs.com.cn
电子信箱 hbcb@sdpress.com.cn
印 刷 山东润声印务有限公司
规 格 210毫米×145毫米
7.5印张 52幅图 116千字
版 次 2019年2月第1版
印 次 2019年2月第1次印刷
印 数 1-6000册
书 号 ISBN 978-7-5474-2725-5
定 价 29.80元

名家撰小史 神笔写春秋

百余年前，国运衰微，列强环伺，中华民族到了生死存亡的关头。在这种情势下，从“闭关锁国”到“睁眼看世界”，许多有识之士怀抱“借西方文明之学术以改良东方之文化，必可使此老大帝国，一变而为少年新中国”（容闳语）的理想，开始正视西学，有意识且积极全面地向西方学习，将之视为可与“中学”对等的学术思想，探讨二者之优点并有机结合以帮助国家富强。

随着新式学堂的创办，留学教育的方兴未艾，“西学东渐”的客观态势业已形成，西方学术思想在中国这块古老的东方大地上得到广泛传播，同时推动了各个学科领域的蓬勃发展。尤其是以新文化运动为起点的，以宣传民主和科学为核心的思想潮流蓬勃兴起，先进的知识分子在这场运动中，受到了新思想的洗礼。思想长期被禁锢的国人得到彻底解放，思想观念得到更新。中国进入一个崭新的时代——思想学术的新时代。在这场划时代的思想变革中，涌现了一批声名遐迩、学贯中西的大师级的学者。这些学者以全新的理论工具和严谨治学的态度，对传统文化加以梳理和重新阐释，为现代学术奠定了基础，取得了令人瞩目的成就。

“温故而知新，述往事而思来者。”我们出版这套丛书的意义和指归，正在于此。重印昔贤经典，接续学术传统，亦是今日出版人义不容辞的责任。缘此，我们从浩瀚如烟的民国学术经典中遴选100部篇幅较小、雅俗共赏的史学名篇，取名《名家小史》，以丛书形式出版。这套丛书有一个共同之点，即作者都是世人所敬仰的学者，而各书均是写给普通读者的普及性读物。运笔举重若轻、文字洗练易懂，虽经岁月洗礼和时代考验，至今仍是声名远播、影响至深；是后人传承治学传统、接近经典的桥梁。

这套系列丛书，包含了哲学、伦理学、社会学、历史学、文字学（包括训诂学）、自然科学等多方面学科的发展史。这些著作，在让年轻一代读者享受备受尊敬的人文学术大师的文化成果的同时，也能感知中华民族五千年不屈不挠的精神和璀璨的文化内涵，增强民族文化、民族精神的自豪感、荣誉感、归属感和凝聚力。我们每一个中国人，都应该为自己生在中国倍感自豪，因为我们有着几千年的灿烂历史，我们的先人为我们创造了令人骄傲、无与伦比的文明篇章。

唐太宗李世民曾说：“以铜为镜，可以整衣冠；以史为镜，可以知兴替；以人为镜，可以明得失。”对于一个国家来说，历史是经验、教训，是过去的沉淀，是未来的导向；对于我们每一个人来说，历史是最好的老师。通过学习各种历史，不仅可以从中领悟到许多人生哲理，扩大知识面，增长见识，丰富头脑，亦可培养实事求是的态度，提高综合能力和综合素质。总之，学习历史可以让我们每一个人都终身受益，这一点是毋庸置疑的。

我们编辑出版这套《名家小史》，均采用民国时期的初版为底本，并进行了精心校订。校订时遵循以下几点原则：

1.将原书的繁体竖排，改为当今通行的简体横排；并对标点符号按现代汉语使用规范做了处理。

2.为了尊重作者及原著，对作者自有文风与习惯性行文遣词、概念术语，以及地名、译名等未做修改，皆仍其旧。

3.对原书中个别涉及原则性的文字，进行技术处理；同时对原书中一些因排印造成的讹误做了订正；如“日”“曰”，“己”“已”“巳”等。

限于学力和经验，编校过程中难免存在错讹疏漏之处，敬请广大方家、读者斧正！

《名家小史》丛书编辑委员会

目录

Contents

第一章 绪论

赵宋一代之文学，我国有史以来蔚然一大观也。其间上下三百余年，遗文故献传于今日者，汗牛充栋，承学之士目为之眩，殆未易骤寻端绪。夫历年未远，则文献易征，故赵宋遗事较详于李唐以前，斯固然矣。而自来研寻学术源委者，莫不归其大功于国家之政教。按《宋史·文苑传》序曰：

> 艺祖革命，首用文吏而夺武臣之权，宋之尚文，端本乎此。太宗、真宗，其在藩邸已有好学之名，作其即位，弥文日增。自时厥后，子孙相承。上之为人君者，无不典学，下之为人臣者，自宰相以至令录无不擢科，海内文士彬彬辈出焉。国初，杨亿、刘筠犹袭唐人声律之体，柳开、穆修，志欲变古而力弗逮。庐陵欧阳修出，以古文倡，临川王安石、眉山苏轼、南丰曾巩起而和之，宋文日趋于古矣。南渡文气不及东都，岂不足以观世变欤？

此说偏主于狭义之散体文。又修史者挟有尊崇道学之成见，直以诗文词曲为末事，故以姜夔擅盛名于词坛，而不获著传于史。其为疏漏，诚有如《四库总目提要》所谓“《文苑传》止详北宋，而南宋止载周邦彦等数人”。惟其推论为君者典学于上，则海内文士辈出于下，要亦信而有征。按吴处厚《青箱杂记》云：

> 真宗听政之暇，唯务观书。每观毕一书，即有篇咏，使近臣赓和。故有御制看《尚书》诗三章，中略。看《孝经》三章，复有御制读《史记》三章，读《前汉书》三首，读《后汉书》三首，读《三国志》三首，读《晋书》三首，读《宋书》二首，读《陈书》二首，读《魏书》三首，读《北魏书》二首，读《后周书》三首，读《隋书》三首，读《唐书》三首，读《五代·梁史》三首，读《五代》后唐史三首，读《五代》晋史二首，读《五代》汉史二首，读《五代》周史二首，可谓近世好文之主也。

文学者，人类抒情适性之具。其体制之单复、文野，与民族文化之演进同一方向。大抵人群之知识日益开明，则嗜欲之需求亦日臻复杂。我国文学，邃古无论矣，自三百篇以降，体制日增，迄于赵宋而大备矣。真宗听政之暇，雅好吟咏。此其以渔古染翰为乐，抒情适性之上焉者也。他如太宗洞晓音律，亲制曲破。详后第六章。仁宗时，中原息兵，汴京繁庶，歌台舞席，竞赌新声，而词之小令多衍为长调，详后第五章。又是时日进一奇怪之事以娱宫禁，而诨词小说以兴。详后第七章。

徽宗身为亡国之君，而当其居帝位时，风流跌宕，纵情于绳墨之外，虽终召灭亡之祸，而在另一方面，亦足以助长文学之进化。南渡偏安，孝宗以天下养太上，下逮理宗，藉蒙古之兴，共灭女真，亦皆升平自庆，朝野恬嬉，群众娱乐之方式日繁，文学领土亦日以开拓。观孟元老《东京梦华录》、吴自牧《梦粱录》、灌园耐得翁《都城纪胜》、周密《武林旧事》诸书，其时繁绮之风，可想见其概，详后第六、第七各章。今之讨论赵宋文学者皆不废其书，与宋人遗集并重焉。然则上之所好，固不必拘拘于好学以合乎道学派所谓“义理”，苟其日常抒情适性之具，可以与民众同者，经多时之蕴酿而有所成就，罔不足以占一位置于文学系统之中。故赵宋三百年间之文学，语其大别，无间新旧，可得下列六种：

（一）散体文　上承唐旧而发挥光大，渐入道学派“文以载道”之囿者也。

（二）四六文　上承唐旧而渐脱恒蹊，大抵适用于告语者也。

（三）诗　上承唐旧而变化生新，能与唐人争胜者也。

（四）词　上承唐旧而体制加繁，附庸蔚为大国，独占一代文坛，允为一代之文学，后世莫能继焉者也。

（五）戏曲　协于音律之文学，由词进而为曲，其衍简为繁，非一蹴可几也。今之所谓戏曲，盖合舞蹈、说白、曲调数者以演一事，北宋东都之盛，渐已具其端倪，下逮元、明乃大备耳。

（六）小说　小说由来旧矣。李唐以前，大都以纪怪述事为宗，入宋而杂取史实，行以诨词，于是平话兴焉。盖不以组绘为尚，惟计描写之工，遂于近代文学史上别树一帜，而赵宋一代实肇其端云。

虽然，赵宋一代，凡具有文学天才者，往往受义理之桎梏，义理胜于词章，而义理终不能掩抑词章。史载欧阳修与学者言，未尝及文章，惟谈吏事，谓“文章止于润身，政事可以及物”。黄庭坚亦尝谓：“数十年来先生君子，但用文章提奖后生，故华而不实。”其周、张、二程诸子，更谨持文章害道之说，而萃其大成于朱熹。熹读《唐志》，尝有说曰：“自孟子殁，天下之士不求知道养德以充其内，而文章遂无实。东京以后讫于隋、唐，愈下愈衰，韩愈氏出，始出六艺而作《原道》诸篇。然读其书，出于谄谀戏豫放浪者自不少。若夫所原之‘道’，则徒能言其大体，而未见有探讨服行之效。故其论古人，直以屈原、孟轲、马迁、相如、扬雄为一等，而不及董、贾。其论当世之弊，但以词不已出遂有神徂圣伏之叹。则师生传受，未免裂道与文以为两物。自是以来又数百年，而后有欧阳子，其病亦同。”熹持“文以载道”之说，其所谓“道”者，拘拘于历圣群贤统绪相承，故于异端俗学，又复诋其不遗余力，欧阳、二苏且不获免。按罗大经《鹤林玉露》载：

> 朱文公云：“二苏以精深敏妙之文，煽倾危变幻之习。”又云：“早拾苏、张之绪余，晚醉佛老之糟粕。”余谓此文公二十八字弹文也。自程、苏相攻，其徒各右其

师。孝宗最重大苏之文，御制序赞，太学翕然诵读。所谓“人传元祐之学，家有眉山之书”，盖纪实也。文公每与其徒言苏氏之学坏人心术，学校尤宜禁绝。编《楚辞后语》，坡公诸赋皆不取，惟收《胡麻赋》，以其文类《橘颂》；编《名臣言行录》，于坡公议论所取甚少。

又载：

东山先生杨伯子尝为余言，某昔为宗正丞，真西山以直院兼玉牒官。尝至某位中，见案上有近时人诗文一编，西山一见掷之曰：“宗丞何用看此？”某悚然问故，西山曰：“此人大非端士，笔头虽写得数句行，所谓本心不正，脉理皆邪，读之将恐染神乱志，非徒无益。”某佩服其言，再三谢之。因言近世如夏英公、丁晋公、王岐公、吕惠卿、林子中、蔡持正辈亦非无文章，然而君子不道者，皆以是也。

道学家高自标榜，务以义理掩抑词章。观于罗氏所纪，可概见矣，斯亦研究赵宋文学者所当深考也。

道学派务以掩抑词章为事。而宋代文士修辞具有鉴衡，仍流传至今不废其绪，何也？岂不以民族文化及是时而臻于灿烂，各种学术分途竞进，在同一时期之内兼容并包，虽其甚相牴牾者，终不能稍形轩轾。故道学莫盛于赵宋，文学亦大昌于赵宋。而吾人今日所藉以讨论瑕瑜，别裁真伪，博参而广考者，尤莫如文学批评一类诸书。《四库总目提要》云：

> 文章莫盛于两汉，浑浑灏灏，文成法立，无格律之可拘。建安、黄初，体裁渐备，故论文之说出焉，《典论》其首也。其勒为一书，传于今者，则断自刘勰、钟嵘。勰究文体之源流而评其工拙，嵘第作者之甲乙而溯厥师承，为例各殊，至皎然《诗式》备陈法律，孟棨《本事诗》旁采故实，刘攽《中山诗话》、欧阳修《六一诗话》又体兼说部，后所论著，不出此五例中矣。宋、明两代均好为议论，所撰尤繁。虽宋人务求深解，多穿凿之词；明人喜作高谈，多虚憍之论。然汰除糟粕，采撷菁英，每足以考证旧闻，触发新意。

兹就《四库全书》集部诗文评类所著录者，列举其目于后。其间诗话为数最多，评文之作仅得七种，评词者又别见于词曲类云。

（甲）宋人诗话著录于《四库全书》及附存目者其目如下：

（一）欧阳修《六一诗话》一卷

（二）司马光《续诗话》一卷

（三）刘攽《中山诗话》一卷

（四）陈师道《后山诗话》一卷

（五）魏泰《临汉隐居诗话》一卷

（六）吴幵《优古堂诗话》一卷

（七）阮阅《诗话总龟》前集四十八卷、后集五十卷

（八）许顗《彦周诗话》一卷

（九）吕本中《紫微诗话》一卷

（十）张表臣《珊瑚钩诗话》三卷

（十一）叶梦得《石林诗话》一卷

（十二）吴可《藏海诗话》一卷

（十三）朱弁《风月堂诗话》二卷

（十四）张戒《岁寒堂诗话》二卷

（十五）陈岩肖《庚溪诗话》二卷

（十六）葛立方《韵语阳秋》二十卷

（十七）黄彻《䂬溪诗话》十卷

（十八）计有功《唐诗纪事》八十一卷

（十九）吴聿《观林诗话》一卷

（二十）吴德远《环溪诗话》一卷

（二十一）周紫芝《竹坡诗话》一卷

（二十二）胡仔《苕溪渔隐丛话》前集六十卷、后集四十卷

（二十三）周必大《二老堂诗话》一卷

（二十四）杨万里《诚斋诗话》一卷

（二十五）严羽《沧浪诗话》一卷

（二十六）魏庆之《诗人玉屑》二十卷

（二十七）赵与虤《娱书堂诗话》一卷

（二十八）刘克庄《后村诗话》前集二卷、后集二卷、续集四卷、新集六卷

（二十九）吴子良《荆溪林下偶谈》四卷

（三十）蔡梦弼《草堂诗话》二卷

（三十一）何谿汶《竹庄诗话》二十四卷

（三十二）周密《浩然斋雅谈》三卷

（三十三）范晞文《对床夜话》五卷

（三十四）蔡正孙《诗林广记》前集十卷、后集十卷

以上文渊阁著录

（一）释文莹《玉壶诗话》一卷

（二）释惠洪《天厨禁脔》三卷

（三）洪迈《容斋诗话》六卷

（四）林越《少陵诗格》一卷

（五）蔡传《历代吟谱》五卷

（六）严有翼《艺苑雌黄》十卷

（七）陈应行《吟窗杂录》五十卷

（八）尤袤《全唐诗话》十卷

（九）方岳《深雪偶谈》一卷

（十）吴子良《吴氏诗话》二卷

以上附存目

（乙）宋人文话著录于《四库全书》者其目如下：

（一）王铚《四六话》二卷

（二）谢伋《四六谈麈》一卷。

（三）陈骙《文则》二卷

（四）王正德《余师录》四卷

（五）李淦《文章精义》一卷

以上文渊阁著录

（一）洪迈《容斋四六丛谈》一卷

（二）强行甫《唐子西文录》一卷

以上附存目

（丙）宋人词话著录于《四库全书》及附存目者其目如下：

（一）王灼《碧鸡漫志》五卷参知《不足斋丛书》刊本。

（二）沈义父《乐府指迷》一卷

以上文渊阁著录

（一）张炎《词源》二卷四库全书总目原作《乐府指迷》，盖沿陈继儒之误。

以上附存目

以上尚未尽赅洽者，如姜夔有《诗说》一卷，附于《白石道人诗集》之后，故《四库》未著其目。至于诗话诸书，颇有兼及于词者，如陈师道《后山诗话》、胡仔《苕溪渔隐丛话》是也；亦有兼及于文者，如杨万里《诚斋诗话》、吴子良《荆溪林下偶谈》是也。其周密《浩然斋雅谈》三卷，经四库馆臣就《永乐大典》中搜辑排纂，以考证经史评论文章者为上卷，以诗话为中卷，以词话为下卷。此书几奄有文学批评之全。循是例以推求，则宋人说部书中杂有诗话、文话、词话者，当亦不易悉数。清厉鹗撰《宋诗纪事》、张宗橚撰《词林纪事》，往往取材于小说、笔记诸书，靡不裒成巨帙。后之从事于宋代文学而讨论其升降源流者，资以考证阐发焉。

今所论次，以文学之体裁举其纲，以作者之承袭系其目，首散体文，次四六文，次诗，次词，次戏曲，次小说。前之四者，宋人之制作具存，元、明以降，文士之讨论扬搉亦详审矣，博观约取，料简融通，尤于师友渊源递嬗之间三致意焉。后之二者，盖五六百年来文人学士所不乐道。近时渐知爱重，而宋人遗制散亡，今复出于世者片鳞只爪，无由品第其高下，其可供铺叙者，不过体裁承易之迹而已。两宋作者，如欧阳修、王安石、苏轼、陆游之俦，罔不兼擅众美。其人里贯、仕履未可任意穿插，自形冗蔓，故汇列于后，而以文学作者小传殿焉。

第二章

宋之散体文

第一节　文体之复古

散体文，即旧说所谓“古文”也。文曷为而有今、古之别耶？以时间言，自今日以前皆渐即于古，是则凡五代以前之文流传于宋者皆古文也。其宋人自为之文，乌得而谓之古？若夫居宋之世而学为五代以前之文以复于古，则宋代之学古人文体者不一其派，又曷为而必以欧、曾、王、苏为正宗？而本章之所谓散体文即旧说所谓“古文”者，又何说乎？盖自魏晋六朝以还，文尚骈俪，至中唐元结、杜甫等始为散体，韩愈、柳宗元益发挥而光大之，以其越八代而复西汉之古，故号“古文”，而苏轼遂称韩愈曰“文起八代之衰”。至晚唐、五代，文体又渐次卑靡，甚或流于浮艳，宋初亦未能遽振。西昆派杨亿等于诗尚辞采，于文亦以妍华骈俪为高。追欧阳修起，有柳开、穆修、尹洙、石介等导之于前，有曾巩、王安石、三苏父子承之于后，而韩、柳复古之风乃复大昌，重见西汉散体文之旧。惟其排近世而上溯于古，故号曰“古文”。究其文体，则屏抑骈俪之习而复于散行之体，故旧说所谓“古文”者，即散体文也。

惟是时持文体复古之论者，往往参合“文以载道”之说，如张景为柳开文集作序云：

> 一气为万物母，至于阴阳开阖、嘘吸消长，为昼夜，为寒暑，为变化，为生死，皆一气之动也。庸不知斡之而致其动者果何物哉，不知其何物，所以为神也。人之道不远是焉。至道无用，用之者有其动也。故为德，为教，为慈爱，为威严，为赏罚，为法度，为立功，为立言，亦不知用之而应其动者又何物也。夫至道潜于至诚，至诚蕴于至明。离潜发蕴而不知所至者，非神乎哉？尧、舜之揖让，汤、武之征伐，周公之制礼乐，孔子之作经典，孟轲之拒杨、墨，韩愈之排释老，大小虽殊，皆出于不测而垂于无穷也。先生生于晋末，长于宋初，拯五代之横流，扶百世之大教，续韩、孟而助周、孔，非先生孰能哉？先生之道，非常儒可道也；先生之文，非常儒可文也。离其言于往迹，会其旨于前经，破昏荡疑，拒邪归正，学者忠信，以仰以赖，先生之用可测乎？藏其用于神矣。然其生不得大位，不克著之于事业而尽在于文章，文章盖空言也，先生岂徒空言哉？足以观其志矣。

至如苏轼序《六一居士集》，其称颂欧阳修尤有甚焉，略云：

自汉以来，道术不出于孔氏，而乱天下者多矣，晋以老庄亡，梁以佛亡，莫或正之，五百余年而后得韩愈。学者以愈配孟子，盖庶几焉。愈之后二百有余年而后得欧阳子，其学推韩愈、孟子以达于孔氏，著礼乐仁义之实以合于大道；其言简而明，信而通，引物连类，折之于至理以服人心，故天下翕然师尊之。自欧阳子之存，世之不说者哗而攻之，能折困其身而不能屈其言，士无贤不肖，不谋而同曰："欧阳子，今之韩愈也。"宋兴七十余年，民不知兵，富而教之，至天圣、景祐极矣，而斯文终有愧于古，士亦因陋守旧，论卑气弱。自欧阳子出，天下争自濯磨，以通经学古为高，以救时行道为贤，以犯颜纳说为忠，长育成就，至嘉祐末号称多士，欧阳子之功为多。呜呼！此岂人力也哉，非天其孰能使之？欧阳子没十有余年，士始为新学，以佛老之似，乱周、孔之真，识者忧之。赖天子明圣，诏修取士法，风厉学者，专治孔氏，罢黜异端，然后风俗一变。考论师友渊源所自，复知诵习欧阳子之书。

宋代散体文之实质，大率如张景、苏轼所称说。南渡以后，道学派与功利派各植一帜，是又分道扬镳者已。

第二节　宋初古文家

北宋为古文者，柳开最先。当时梁周翰、高锡、范杲并与开声名相埒，而开治古文用力最勤。少慕韩愈、柳宗元，尝以肩愈、希元一作绍元。为名字。推崇韩愈尤至，观其《昌黎集后序》可知也。后欧阳修为古文，甚推重穆修、苏舜钦而不及开，惟范文正公作《尹师鲁集序》，略云：

> 五代文体薄弱，皇朝柳仲涂起而麾之。洎杨大年独步当世，学者专事藻饰，谓古道不适于用，废而弗学者久之。师鲁与穆伯长力为古文，欧阳永叔从而振之，由是天下之文一变而古。

观此可知，开之倡复古文在杨亿等专事藻饰之前，盖杨等居高位力足以抑之也。洪迈《容斋续笔》甚以欧阳修不知有柳开为异，其言曰：

> 予读张景集中柳开行状云："公少诵经籍，天水赵生，老儒也，持韩愈文仅百篇授公曰：'质而不丽，意若难晓，子详之，何如？'公一览不能舍，叹曰：'唐有斯文哉！'因为文章，直以韩为宗尚，时韩之道独行于公，

遂名肩愈、字绍元。韩之道大行于今，自公始也。”又云：“公生于晋末，长于宋初，扶百世之大教，续韩、孟而助周、孔。兵部侍郎王祐得公书曰：‘子之文出于今世，真古之文章也。’兵部尚书杨昭俭曰：‘子之文章，世无知者已二百年矣。’”开以开宝六年登进士第，景作行状时咸平三年。开序韩文云：“予读先生之文，自年十七至于今，凡七年。”然则在国初，开已得《昌黎集》而作古文，去穆伯长时数十年矣。苏、欧阳更出其后，而欧阳略不及之，乃以为天下未有道韩文者，何也？

柳开同时有王禹偁，后有范仲淹、孙何、丁谓，皆治古文。王禹偁不仅以文著，其诗亦足为苏舜钦、梅尧臣之先导。范仲淹勋业卓绝一时，本不藉文章以传，而贯通经术，明达政体，凡所论著，一一皆有本之言，洗尽浮夸之习。孙何与丁谓少相友善，尝同袖文谒王禹偁，禹偁大惊重之，以为自唐韩愈、柳宗元后三百年始有此作。惟谓位至通显后又与杨亿酬唱，列名《西昆酬唱集》中。何弟仅及家人甫，皆究心古文云。

王禹偁
——从清道光九年（1829）长洲顾氏刊本《吴郡名贤图传赞》

柳开倡为古文，而终抑于杨亿、刘筠等声偶之辞，诚亦势使之然。仁宗朝词臣如夏竦、宋庠、宋祁等，又自为风气。欧阳修《归田录》于夏竦称其能文。二宋少尝受知于夏竦，按吴处厚《青箱杂记》，竦守安州日，二宋兄弟尚皆布衣，竦试以“落花”诗。庠咏落花而不言落，竦谓“当状元及第”。祁非所及，然亦须登严近。后皆如其言。竦与二宋，当真、仁之交，西昆派风靡一世，而独远规盛唐，殆亦不随时俯仰者。宋祁与欧阳修同修《唐书》，其文雕琢刻削，师韩愈而失之艰涩，于并时亦未始不服欧阳修也。其所作《笔记》中自述三十年来为文用力之要，略云：

余少为学，本无师友，家苦贫无书，习作诗赋，未始有志立名于当世也，愿计粟米养亲绍家阀耳。年二十四而以文投故宰相夏公，公奇之，以为必取甲科，吾亦不知果是欤。天圣甲子，从乡贡试礼部，故龙图学士刘公叹所试辞赋，大称之朝，以为诸生冠。吾始重自淬砺力于学，模写有名士文章，诸儒颇称以为是。年过五十，被诏作《唐书》，精思十余年，尽见前世诸著，乃悟文章之难也。虽悟于心，又求之古人，始得其崖略。因取视五十以前所为文，赧然汗下，知未尝得作者藩篱，而所效皆糟粕、刍狗矣。夫文章必自名一家，然后可以传不朽，若体规画圆，准方作矩，终为人之臣仆。古人讥屋下作屋，信然。陆机曰：“谢朝华于已披，启夕秀于未振。”韩愈曰：“惟陈言之务去。”此乃为文之要。五经皆不同体，孔子没后，百家奋兴，类不相沿，是前人皆得此旨。呜呼！吾亦悟之晚矣，虽然，若天假吾年，犹冀老而成云。

第三节　庆历以后古文家

至庆历而后，苏舜钦兄弟与穆修、尹洙、孙复、石介诸人，竞为复古之文。穆修毕生搜求韩、柳文集，矻矻数十年不懈。其《唐柳先生集后序》自记颠末甚详，称颂韩、柳，至谓“辞严义密，制述如经”。又云：“呜呼！天厚予者多矣。始而餍我以韩，既而饫我以柳，谓天不吾厚，岂不诬也哉？世之学者，如不志于古则已，苟志于古，则践立言之域，舍二先生而不由，虽曰能之，非予所敢知也。”

石介尝作《怪说》以诃杨、刘，其中篇曰：

或曰，天下不谓之怪，子谓之怪。今有子不谓怪而天下谓之怪，请为子而言之可乎？曰：奚其为怪也？曰：昔杨翰林欲以文章为宗于天下，忧天下未尽信己之道，于是盲天下人目，聋天下人耳。使天下人目盲，不见有周公、孔子、孟轲、扬雄、文中子、吏部之道；使天下人耳聋，不闻有周公、孔子、孟轲、扬雄、文中子、吏部之道。俟周公、孔子、孟轲、扬雄、文中子、吏部之道灭，乃发其盲，开其聋，使天下唯见己之道，唯闻己之道，莫知其他。今天下有杨亿之道四十年矣。今人欲反盲天下人目，聋天下人耳。使天下人目盲，不见有杨亿之道；使天下人耳聋，不闻有杨亿之道。俟杨亿道灭，乃发其盲，开其聋，使目唯见周公、孔子、孟轲、扬雄、文中子、吏部之道，耳唯闻周公、孔子、孟轲、扬雄、文中子、吏部之道。周公、孔子、孟轲、扬雄、文中子、吏部之道，尧、舜、禹、汤、文、武之道也，三才、九畴、五常之道也。反厥常，则为怪矣。夫《书》则有《尧、舜典》《皋陶、益稷谟》《禹贡》、箕子之《洪范》，《诗》则有大小雅、《周颂》《商颂》《鲁颂》，《春秋》则有圣人之经，《易》则有文王之繇、周公之爻、夫子之十翼。今杨亿穷研极态，缀风月，弄花草，淫巧侈丽，浮华纂组，刓锼圣人之经，破碎圣人之言，离析圣人之意，蠹伤圣人之道，使天下不为书之典、谟、《禹贡》《洪范》，《诗》之《雅》《颂》，《春秋》之经，《易》之繇、爻、十翼；而为杨亿之穷研极态，缀风月，弄花草，淫巧侈丽，浮华纂组，其为怪大矣！是人欲去其怪而就于无怪，今天下反谓之怪而怪之，呜呼！

观介此说，可知是时杨、刘在文学界势力之大。故虽柳开等倡导于先，苏、穆、石、尹等继起而和之，而必得欧阳修居高位以力挽之，风气乃为之大变也。

是时李觏亦为古文。觏字泰伯，有《直讲先生集》。朱熹谓其文自大处起议论，如古《潜夫论》之类。刘壎《隐居通议》谓其所作《袁州学记》高出欧、苏，百世不朽。刘熙载

《艺概》云：

> 泰伯之学，深于《周礼》，其所为文，率皆法度谨严。《宋史》本传但载其所上《明堂定制图序》，尚非其极也。东坡谓尝见泰伯自述其文曰："天将寿我与，所为固未足也，不然，斯亦足以藉手见古人矣。"观是言，其生平之力勤诣卓具见。

又有祖无择治古文，从穆修游，又尝受经于孙复，其为文峭厉劲拔，足与尹洙相上下。穆修遗集，即无择所编次者。穆修以明道元年客死淮西道中，遗文散失，其仅存者不能成卷，至无择始为之搜辑，厘订成编。苏舜钦《哀穆先生文》有序，略次其遗行，兹节录于后，亦可见是时穆、苏、石、尹诸人倡复古文之不易也：

> 先生字伯长，名修。幼嗜书，不事章句，必求道之本原，皆记士徒无意处，熟习评论之。性刚介，喜于背俗，不肯下与庸人小合，愿交者多固拒之。议事坚明，上下今古皆可录，然好诋卿弼，斥言时病，谨细后生畏闻之。又独为古文，其语深峭宏大，羞为礼部格诗赋。咸平中举进士，得出身。**中略**。自废来，读书益勤，为文章益根柢于道。然耻从文干有位，以故困甚。张文节守亳，亳之土豪者作佛庙，文节使以骑召先生作记。记成，竟不窜士名。士以白金五斤遗之，曰："枉先生之文，愿以此为

寿。”又使周旋者曰：“士所以以遗者，乞载于石，图不朽耳。”既而亟召士让之，投金庭下，遂俶装去。郡士谢之，终不受。尝语人曰：“宁区区糊口为旅人，终不为匪人辱吾文也。”天圣末，丞相有欲置为学官者，耻诣谒之，竟不得。尝客京师南河邸中，往往醉，暮归，迻地如不省持者，夜半邸人犹闻其吟诵喟叹声，因隙窥之，则张灯危坐苦瞑执卷以至曙，用是贷其资。母丧，徒跣自负榇成葬，日诵《孝经》《丧记》，未尝观佛书、饭浮屠氏也。识者怜哀之，或厚遗，则必为盗取去。不然，且病，或妻子卒。后得柳子厚文，刻货之，售者甚少。逾年积得百缗。一子辄死，将还淮西，道遇病，气结塞胸中不下，遂卒。嘻吁！天之厌文久矣，先生竟以黜废穷苦终其身，顾其道宜不容于今世，然由赋数踦只，常罹兵贼恶少辈所辱困，其节行至死不变。有孤懦且幼，遗文散坠不收，伯长之道，竟已矣乎？下略。

第四节　欧阳修

欧阳修初亦为偶俪之文，后乃肆力复古。其《记旧本韩文后》云：

予少家汉东，于州南李尧辅家得旧本唐《昌黎先生集》，因乞李氏以归，读之，见其言深厚而雄博。然予犹少，未能悉究其义，徒见浩然无涯若可爱。是时天下学者，杨、刘之作，号为时文，能者取科第、擅名声，以夸荣当世，未尝有道韩文者。予亦方举进士，以礼部诗赋为事。年十有七，试于州，为有司所黜，因取所藏韩氏之文复阅之，则喟然叹曰："学者当至于是而止尔。"因怪时人之不道，而顾己亦未暇学，时时独念于予心。中略。后七年举进士及第，官于洛阳而尹师鲁之徒皆在，遂相与作为古文，因出所藏《昌黎集》而补缀之，求人家所有旧本而校定之。其后天下学者亦渐趋于古，而韩文遂行于世，至于今三十余年矣，学者非韩不学也。

修作苏舜钦集序，谓其学古文在先。盖舜钦实与穆修游，宜其先也。尹洙文辞简古，尤为欧阳修所折服。据邵伯温《闻见录》云：

本朝古文，柳开仲涂、穆修伯长首为之唱，尹洙师鲁兄弟继其后。欧阳文忠公早工偶俪之文，故试于国学、南省皆为天下第一。既擢甲科官河南，始得师鲁，乃出韩退

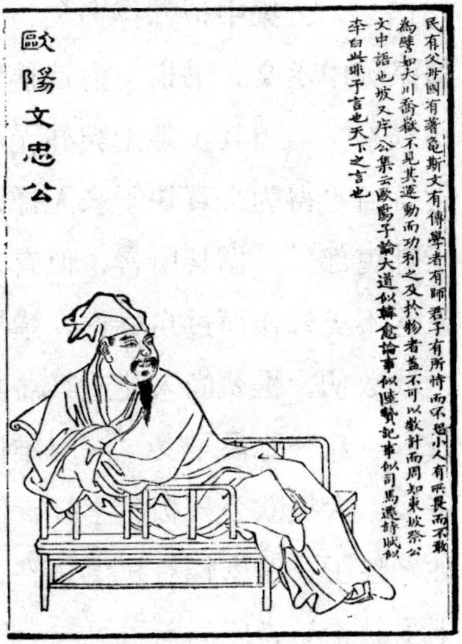

欧阳修

——从清乾隆八年（1743）刊本《晚笑堂竹庄画传》

之文学之，公之自叙云尔。盖公与师鲁于文虽不同，公为古文则居师鲁后也。中略。公志师鲁墓，论其文曰“简而有法”，公曰：“在孔子六经中，惟《春秋》可当。”则欧阳于师鲁不薄矣。崇宁间改修神宗正史欧阳公传乃云：“同时有尹洙者，亦为古文。”然洙之才不足以望修云。盖史官皆晚学小生，不知前辈文字渊源自有次第也。

宋代文坛，修为巨擘，四六、诗词亦所兼擅，尤于古文居于承先启后之重要地位。苏轼为序《六一居士集》，推崇备至，已见首节。轼又谓“欧阳子论大道似韩愈”，陈善《扪虱新话》亦称欧文多拟韩作，略云：“韩文重于今世，盖自欧公始倡之，公集中拟韩作多矣，予辄能言其相似处：公祭吴长文似祭薛中丞文，书梅圣俞诗稿似送孟东野序，吊石曼卿文似祭田横墓文。盖其步骤驰骋亦无不似，非但效其句语而已。孙樵尝言自‘得为文真诀于来无择，无择得之皇甫持正，持正得之于韩吏部’。据其所言，似有来处。然樵之文实牵强僻涩，气象绝不类韩作而过自称许，嫫母捧心，信有之矣。吾尝谓韩氏之墙数仞，樵辈尚未能造其藩。敢言文乎？”刘熙载《艺概》云：“欧公称昌黎文‘深厚雄博’，苏老泉称欧公文‘纡余委备’。大抵欧公虽极意学韩，而性之所近，乃尤在李习之。不独老泉于公谓李翱有执事之态，即公文亦云‘欲生翱时，与翱上下其论’，所尚盖可见矣。”又云：“谢叠山云：‘欧阳公文章为一代宗师。然藏锋敛锷，韬光沉馨，不如韩文公之奇奇怪怪，可喜可愕。’按欧之奇不如韩，固有之。然于韩之抑遏

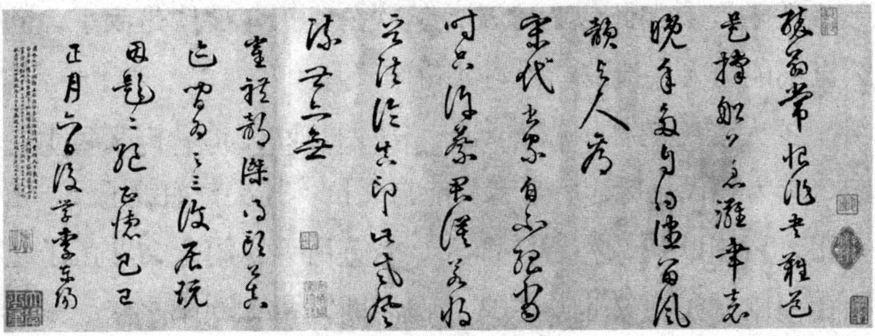

欧阳修《灼艾帖》

蔽掩，不使自露，讵相远乎？”

惟欧阳文亦有与韩文异趣之处，《艺概》谓：“欧阳公《五代史》诸论，深得畏天悯人之旨。盖其事不足言而又不忍不言，言之怫于己，不言无以惩于世。情见乎辞，亦可悲矣。公他文亦多恻隐之意。”又云：“欧阳公文几于史公之洁，而幽情雅韵，得骚人之指趣为多。”此则以取材之故，自成其悲悯之文派，不可与韩文强同也。

《朱子语类》称欧阳文亦好是修改到妙处。其《醉翁亭记》首句“环滁皆山也”五字，初稿说滁州四面有山，凡数十字，末后乃改定。《扪虱新话》亦称其为文不苟成，略云：“世传欧阳公平昔为文章，每草就纸上净讫，即粘挂斋壁，卧兴看之，屡思屡改，至有终篇不留一字者，盖其精如此。大抵文以精故工，以工故传远。三折肱始为良医，百步穿杨始名善射。真可传者，皆不苟者也。唐人多以小诗著名，然率皆旬锻月炼，以故其人虽不甚显而诗皆可传，岂非以其精故耶？然人说杨大年每遇作文，则与门人宾客饮博、投壶、弈棋，语笑喧哗而不妨属思。以小方纸细书，挥翰如飞，文不加点，每盈一幅则命门人传录，须臾之际成数千言。如此似为难及，然欧公、大年要皆是大手，欧公岂不能与人斗捷哉？殆不欲苟作云耳。”

罗大经《鹤林玉露》云：“江西自欧阳子以古文起于庐陵，遂为一代冠冕，后来者莫能与之抗。其次莫如曾子固、王介甫，皆出欧门，亦皆江西人。老苏所谓执事之文非孟子之文，而欧阳子之文也。朱文公谓江西文章如欧阳永叔、王介甫、曾子固，做得如此好，亦知其皓皓不可尚已。”按欧阳、曾、王及三苏父子，明代朱右、唐顺之、茅坤等以之追配唐之韩、柳，号为唐宋八大家者也。清初姚鼐编《古文辞类纂》，于唐宋文大抵亦以八家为限。故论宋代古文者，莫不知欧阳之后有曾、王、三苏。曾、王与欧阳皆江西人，三苏皆出欧阳门下。故是时领袖文坛以承先启后，舍欧阳修其谁耶？

第五节　曾巩、王安石

曾巩生而警敏，读书数百言，脱口成诵。年十二，试作《六论》，援笔而成，辞甚伟。甫冠，名闻四方，欧阳修见其文奇之。巩弟肇尝称巩视欧阳文忠稍后出而与文忠齐名，《邵氏闻见后录》有说辩其不然，略云：“欧阳公谓广文曾生者，在礼部奏名之前已为门下士矣，公示吴孝宗诗有云：‘我始见曾子，文章初亦然。昆仑倾黄河，渺漫盈百川。疏决以道之，渐敛收横澜。东溟知所识，归路到不难。’是子固于文，遇欧阳公方知所归也。故子固祭欧阳公文，自云‘戆直不敏，早蒙振拔。言由公诲，行由公率’也。”

清方苞云：“南丰之文长于道古，故序古书尤佳，而《战国策》《列女传》《新序》诸目录序为最纯古洁净，所以与欧、王并驱而争先于苏氏也。”按王震《南丰集序》谓：“先生自负似刘向，不知韩愈为何如尔。”又谓其“衍裕雅重，自成一家”。盖惟其能自成一家，故为善学刘向也。方苞所称诸序之佳者，良亦骎骎乎与刘向侔云。

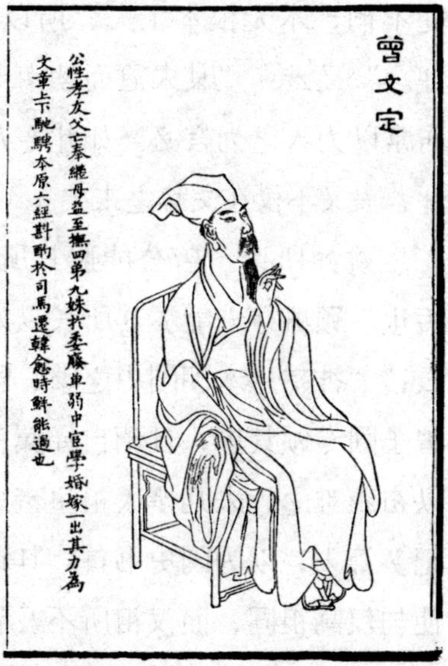

曾　巩

——从清乾隆八年（1743）刊本《晚笑堂竹庄画传》

至姚鼐论古文，判之以阴柔与阳刚两途，而谓：“宋朝欧阳、曾公之文，其才皆偏于阴与柔之美者也。欧公能取异己者之长而时济之，曾公能避其所短而不犯。”盖曾文穷尽事理，其气味尔雅深厚，令人想见硕人之宽。王安石尝云：“夫安驱徐行，辅中庸之廷而造乎其室，舍二贤人者而谁哉？”二贤，谓孙侔与曾巩也。然则巩之文，即肖巩之为人矣。

朱熹云：“余年二十许时，便喜读南丰先生之文而窃慕效之，竟以才力浅短，不能遂其所愿。”又云：“南丰文却通质，他初亦只是学为文，却因为文渐见些子道理，故文字依傍道理做不为空言。只是关键紧要处也说得宽缓不分明，缘他见处不彻，本无根本工夫，所以如此，但比之东坡则较质而近理。”又云：“某未冠而读南丰先生之文，爱其词严而理正，居常以为人之为言必当如此，乃为非苟作者。”其服膺曾氏如此，盖又不仅在文辞之末矣。

姚鼐所谓“曾公能避其所短而不犯”，避其偏于阴柔之短也，顾巩亦未能尽其所长以效于当世焉。据徐度《却扫编》云：“神宗患本朝国史之繁，尝欲重修五朝正史通为一书，命曾子固专领其事，且诏自择属官。曾以彭城陈师道应诏，朝廷以布衣难之，未几撰太祖皇帝总叙一篇以进，请系之《太祖本纪》篇末，以为国史书首。其说以为太祖大度豁如，知人善任使与汉高祖同，而汉祖所不及者其事有十，因具论之，累二千余言。神宗览之不悦，曰：‘为史但当实录以示后世，亦何必

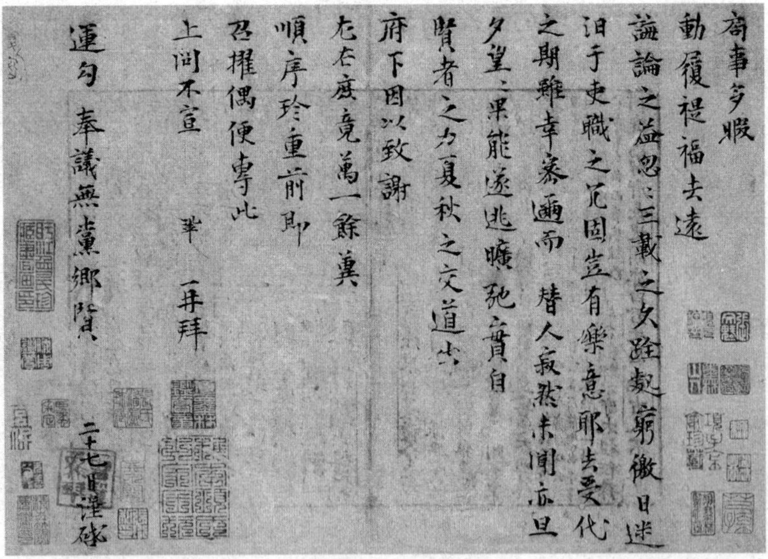
局事多暇
動履禔福去遠
誨論之益忽忽三載之久跧蹙窮徼日迷
汩于吏職之冗固豈有樂意耶去受代
之期雖幸密邇而替人寂然未聞今旦
夕望之果能遂逃曠弛責自
賢者之力夏秋之交道出
府下因以致謝
左右庶竟萬一餘冀
順序珍重前即
召擢偶便專此
上問不宜 鞏 再拜
運勾 奉議無黨鄉賢
二十七日謹空

曾巩《局事帖》

区区与先代帝王较优劣乎？且一篇之赞已如许之多，成书将复几何？’于是书竟不果成。”

《宋史·王安石传》称友生曾巩携其文示欧阳修，修为之延誉，擢进士上第。考其实殊不然。曾巩之称道王安石于欧阳修在庆历四、五年间，安石已先于二年登第矣。庆历六年，巩再与欧阳修书，略曰：“顷尝以王安石之文进左右，而以书论之，其略曰：‘巩之友有王安石者，文甚古，行称其文，虽已得科名，然在今知安石者尚少也。彼诚自重，不愿知于人。然如此人古今不常有，如今时所急，虽无常人千万不害也，顾如安石，此不可失也。’书既达而先生使河北，不复得报，然心未尝忘也。”至庆历七年，巩与安石书，始有“欧公悉见足下之文，爱叹诵写，不胜其勤”及“欧公甚欲一见足下，能作一来计否”等语，而是时安石尚未能与欧阳修一见也。

王安石
——从清乾隆八年（1743）刊本《晚笑堂竹庄画传》

至嘉祐初，安石始与欧阳修相往还。修既论荐安石，而推重其“学问、文章知名当世，论议通明，兼有时才之用”，复赠安石以诗，而有“后来谁与子争先”“常恨闻名不相识”之句。是安石之成进士，必非欧阳推挽之力也。欧阳尝规其不必学孟、韩文。

见曾巩致安石书内。而安石酬诗则曰："欲传道义心虽壮，强学文章力已穷。他日若能窥孟子，终身何敢望韩公。抠衣最出诸生后，倒屣常倾广座中。只恐虚名因此得，嘉篇厚贶岂宜蒙？"观此一诗，则安石出于欧阳修门下之由来，可见其梗概矣。

曾巩尝称安石文学不减扬雄，而安石咏扬雄亦云："千古雄文造圣真，眇然幽思入无伦。"慕其文者如此其深，则必效之惟恐不及矣。安石极推韩愈之为文，尤有得于韩之"陈言务去"，然又讥其"力去陈言夸末俗，可怜无补费精神"，盖病其不识道而无补于世也。今录《论文书》一首，以见其对于文学之见解：

> 尝谓文者，礼、教、治政云尔，其书诸策而传之人，大体归然而已。而曰"言之不文，行之不远"云者，徒谓辞之不可以已也，非圣人作文之本意也。自孔子之死久，韩子作，望圣人于百千年中，卓然也。独子厚名与韩并，子厚非韩比也，然其文卒配韩以传，亦豪杰可畏者也。韩子尝语人以文矣，曰云云，子厚亦曰云云。疑二子者，徒语人以其辞耳，作文之本意不如是其已也。孟子曰："君子欲其自得之也。自得之则居之安，居之安则资之深，资之深则取之左右逢其原。"孟子之云尔，非直施于文而已，然亦可托以为作文之本意。且所谓文者，务为有补于世而已矣；所谓辞者，犹器之有刻镂绘画也。诚使巧且华，不必适用；诚使适用，亦不必巧且华。要之以适用为本，以刻镂绘画为之容而已。不适用，非所以为器也；不

为之容，其亦若是乎？否也。然容亦未可已也，勿先之其可也。某学文，数挟此说以自治。始欲书之策而传之人，其试于事者则有待矣。其为是非邪，未能自定也。执事，正人也，不阿其所好者。书杂文十篇献左右，愿赐之教，使之是非有定焉。

安石又有《答孙长倩书》云："古之道废踣久矣。大贤间起废踣之中，率常位庳泽狭，万不救一二，天下日更薄恶，宦学者不谋道，主利禄而已。尝记一人焉，甚贵且有名，自言少时迷，喜学古文，后乃大寤，弃不学，学治今时文章。夫古文何伤？直与世少合耳，尚不肯学，而谓学者迷。若行古之道于今世，则往往困矣，其又肯行邪？"此其抗心希古，迥出流俗之表，为何如耶？

谢枋得称安石之文曰："笔力简而健。"魏禧云："介甫文如断崖千尺，又如高士溪刻，不近人情。"吕璜云："古来博洽而不为积学所累者，莫如王介甫。渠作文直不屑用前人一字，此其所以高。"刘熙载云："荆公文是能以品格胜者，看其人取我弃，自处地位尽高。"又曰："半山文瘦硬通神，善用揭过法。只下一二语，便可扫却他人数大段，是何简贵。"观此诸说，可以知安石之文当有不同于欧、曾、三苏者矣。

是时致位通显而嗜学擅文者有苏颂、王珪，别以史学名者有司马光。苏颂、王珪与欧、曾、王、苏相先后，擅名当时而黯于后世，岂以其不能抗心希古之故欤？司马光尝以不擅四六文谢知制诰，仁宗许其用古文体。王安石称其文类西汉，良为定评，光大儒名臣，不以词章为重，其文气象雍容，亦足以自成一家云。

曾、王同时又有二刘者，刘敞、刘攽兄弟。同登庆历年进士，于欧阳修亦为门下士。敞之文湛深经术，具有本原，朱熹称其“气平文缓，乃自经书中来。比之苏公，有高古之趣”。攽与兄齐名，司马光修《资治通鉴》，自辟所属，极天下之选，而任《史记》与前后《汉书》者，攽也。朱熹尝称其：“文字工于摹仿，学《公羊》《仪礼》亦复称之。”欧阳修为刘敞作墓志，称其：“立马却坐，一挥九制，文辞典雅，各得其体。”刘攽亦以文辞敏赡称于时云。

第六节　三苏及苏门文士

苏洵僻处眉山，所谓岩穴之士也。少不喜学，年二十七始发愤读书。举进士又举茂才，皆不中。乃大究六经、百家书说，不复事场屋文字。嘉祐初，携二子至京师，谒翰林学士欧阳修，上《权书》《衡论》二十二篇。欧阳修深用叹赏，以为贾谊、刘向不能过也，三苏由是知名，轼、辙皆出欧阳门下成进士。洵上欧阳书略云：

> 上略。执事之文章，天下之人莫不知之。然窃自以为洵之知之特深，愈于天下之人。何者？孟子之文，语约而意尽，不为巉刻斩绝之言，而其锋不可犯。韩子之文，

如长江大河，浑浩流转，鱼鼋蛟龙，万怪惶惑，而抑遏蔽掩，不使自露，而人自见其渊然之光、苍然之色，亦自畏避不敢迫视。执事之文，纡余委备，往复百折，而条达疏畅，无所间断；气尽语极，急言竭论，而容与闲易，无艰难劳苦之态。此三者，皆断然自为一家之文也。惟李翱之文，其味黯然而长，其光油然而幽，俯仰揖让，有执事之态；陆贽之文，遣言措意，切近的当，有执事之实，而执事之才又自有过人者。盖执事之文，非孟子、韩子之文而欧阳子之文也。夫乐道人之善而不为谄者，以其人诚足以当之也，彼不知者则以为誉人以求其悦己也。夫誉人以求其悦己，洵亦不为也，而其所以道执事光明盛大之德而不自知止者，亦欲执事之知其知我也。虽然，执事之名满于天下，虽不见其文而固已知有欧阳子矣。而洵不幸堕在草野泥涂之中，而其知道之心又近而粗成，欲徒手奉咫尺之书自托于执事，将使执事何从而知之，何从而信之哉？洵少年不学，生二十五年始知读书，从士君子游，年既已晚，而又不遂刻意厉行以古人自期，而视与己同列者，皆不胜己，则遂以为可矣。其后困益甚，然每取古人之文而读之，始觉其出言用意与己大别，时复内顾，自思其才，则又似夫不遂止于是而已者。由是尽烧曩时所为文数百篇，取《论语》、孟子、韩子及其他圣人、贤人之文，而兀然端坐，终日以读之者七八年矣。方其始也，入其中而惶然，博观于其外而骇然以惊。及其久也，读之益精而其胸中豁然以明，若人之言固当然者，然犹未敢自出其言也。时既久，胸中之言日益多，不能自制，试出而书之，已而再三读之，浑浑乎觉其来之易矣，然犹未敢以为是也。近所为《洪范论》《史论》凡七篇，执事观其如何？嘻！区区而自言，不知者又将以为自誉以求人之知己也。惟执事思其十年之心，如是之不偶然也而察之。

《宋史》称王安石见苏洵之文，诋之曰：“此战国纵横之学也。”稗官遂衍为老苏亦鄙视安石之说。曾巩称老苏之文，则曰：“修能使之约，远能使之近，大能使之微，小能使之著，烦能不乱，肆能不流。”“能”之一字，足明老泉之得力，正不必与他人较量长短也。刘熙载《艺概》云：“苏老泉迂董诈晁，谓贾生有二子之才而不流。余谓老泉文取径异于董，而用意往往杂以晁。迂董于董无损，诈晁恐晁不服也。”

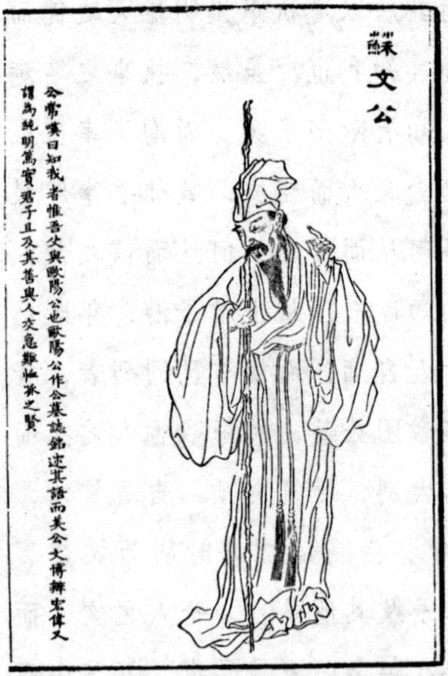

苏　洵
——从清乾隆八年（1743）刊本《晚笑堂竹庄画传》

陈善《扪虱新话》云：“欧阳公不得不收东坡，可谓老夫当避路放他出一头地者，其实掩抑渠不得也。”何薳《春渚纪闻》述苏轼之言曰：“某平生无快意事。惟作文章，意之所到则笔力曲折无不尽意，自谓世间乐事无逾此者。”诚亦自知明矣。然轼于欧阳修执弟子礼甚恭，其上欧阳修书云：

窃以天下之事，难于改为。自昔五代之余，文教衰落，风俗靡靡，日以涂地。圣上慨然太息，思有以澄其源，疏其流。明诏天下，晓谕厥旨，于是招来雄俊魁伟、敦厚朴直之士，罢去浮巧轻媚、丛错采锈之文，将以追两汉之余而渐复三代之故。士大夫不深明天子之心，用意过当，求深者或至于迂，务奇者怪僻而不可读。余风未殄，新弊复作。大者镂之金石以传久远，小者转相模写号称古文，纷纷肆行，莫之或禁。盖唐之古文自韩愈始，其后学韩而不至者为皇甫湜，学皇甫湜而不至者为孙樵，自樵以降，无足观矣。伏惟内翰执事，天之所付以收拾先王之遗文，天下之所恃以觉悟学者，恭承王命，亲执文柄，意其必得天下之奇士以塞明诏。轼也远方之鄙人，家居碌碌，无所称道。及来京师，久不知名，将治行西归，不意执事擢为第二，惟其素所蓄积无以慰士大夫之心，是以群嘲而聚骂者，动满千百。亦惟恃有执事之知与众君子之议论，故恬然不以动其心，犹幸御试不为有司之所排，使得搢笏跪起谢恩于门下。闻之古人，士无贤愚，惟其所遇，盖乐毅去燕不复一战，而范蠡去越亦终不能有所为。轼愿长在下风与宾客之末，使其区区之心，长有所发，夫岂惟轼之幸，亦执事将有取一二焉。不宣。

刘熙载《艺概》之评大苏也，尝曰：“东坡文只是拈来法。此由悟性绝人，故处处触着耳，至其理有过于通而难守者，固不及备论。”又曰：“东坡文虽打通墙壁说话，然立脚自在稳处。譬如舟行大海之中，把柁未尝不定，视放言而不中权者异矣。”又曰：“坡文多微妙语，其论文曰快、曰达、曰了，正为非此不足以发微阐妙也。”又曰：“‘远想出宏域，高步超常伦’，文家具此能事，则遇困皆通，且不妨故设困境以显通之之妙用也，大苏文有之。”又曰：“东坡文亦孟子，亦贾长沙；陆敬舆亦庄子，亦秦、仪。心目窒隘者，可资其博达以自广，而不必概以纯诣律之。”此皆抽象之论也。南宋罗大经《鹤林玉露》尝论其渊源所自焉，原文云：

《庄子》之文以无为有，《战国策》之文以曲作直。东坡平生熟此二书，故其为文，横说竖说，惟意所到，俊辨痛快，无复滞碍。其论刑赏也，曰：“当尧之时，皋陶为士，将杀人，皋陶曰杀之三，尧曰宥之三，故天下畏皋陶执法之坚，而乐尧用刑之宽。”其论武王也，曰：“使当时有良史如董狐者，则南巢之事，必以叛书，牧野之事，必以弑书。而汤、武仁人也，必将为法受恶。周公作《无逸》曰：‘殷王中宗及高宗及祖甲及我周文王，兹四人迪哲，上不及汤，下不及武王。’其以是哉？”其论范增也，曰：“增始劝项梁立义帝，诸侯以此服从。中道而弑之，非增意也。夫岂独非其意，将必力争而不听也。不用其言而杀其所立，羽之疑增，自此始矣。”其论战国任侠也，曰：“楚汉之祸，生民尽矣，豪杰宜无几，而代相陈豨从车千乘，萧、曹为政，莫之禁也。岂惩秦之祸，以为爵禄不能尽縻天下之士，故少宽之，使得或出于此也耶？”凡此类，皆以无为有者也。其论励法禁也，曰：“商鞅、韩非之刑非舜之刑，而所以用刑者，则舜之术也。”其论唐太宗征辽也，曰：“唐太宗既平天下，而又岁岁出师，以从事于夷狄，盖晚而不倦，暴露于千里之外，亲击高丽者再焉。凡此者，皆所以争先而处强也。”其论从众也，曰：“宋襄公虽行仁义，失众而亡；田常虽不义，得众而强。是以君子未论行事之是非，先观众心之向背。谢安之用诸桓未必是，而众之所乐，则国以义安；庾亮之召苏峻未必非，而势有不可，则反成危辱。”凡此类，皆以曲作直者也。叶水心云：“苏文架虚行危，纵横倏忽，数百千言，读者皆如其所欲出，推者莫知其所自来，古今议论之杰也。”

刘熙载亦云：“东坡读《庄子》，叹曰：‘吾昔有见，口未能言。今见是书，得吾心矣。’后人读东坡文，亦当有是语。盖其过人处在能说得出，不但见得到已也。”是则苏轼议论之文，渊源于《庄子》者为多矣。

苏辙与兄轼同出欧阳修门下，其称颂欧阳氏，亦以比附韩愈，所为《欧阳公神道碑》有云：

自魏晋以来历南北朝，文弊极矣，虽唐贞观、开元之盛，卒不能振。惟韩退之一变复古，阏其颓波东注之海，遂复西汉之旧。其后五代相承，天下不知所以为文，及公之文出，乃复无愧于古。呜呼！千数百年文章废而复兴，惟得二人焉，夫岂偶然哉？

辙又尝称欧阳修文雍容俯仰，不大声色，而义理自胜。苏轼《答张文潜书》则谓：“（子由文）汪洋淡泊，有一唱三叹之声，而其秀杰之气终不可没。”此盖有得于欧阳者也。辙又谓：“子瞻之文奇，吾文但稳耳。”然则大苏、小苏之文，可以“奇”“稳”两字判之。小苏才气不及父兄，然其文高处殆与兄相迫。至于以名节立朝，谔谔谠言，罔识忌讳，亦不逊于兄。惟其人深沉恬淡，较能匿景韬光，故其文亦不似轼之奔放横溢，以法度严整见长。议论之文得于家学，亦具有洵之一体云。

苏　辙
——从清乾隆八年（1743）刊本《晚笑堂竹庄画传》

三苏中轼尤名满天下，四方文士多归附之。黄庭坚、秦观、晁补之、张耒，所谓“苏门四学士”也。益以陈师道、李廌，又即所谓“六君子”也。黄、陈以诗名，秦以词著，晁、张文名藉甚于当时，李独稍逊。六人者，浸润于苏门，其散体文亦振拔而不流于卑靡，要皆不失为北宋巨手。庭坚之文专学西汉，峻峭如其诗。师道虽不擅文名，然简严密栗，方之唐人，不在李翱、孙樵下。秦观文丽而思深，盖词人之文也。张耒之文，苏轼亦尝以“汪洋冲淡，有一唱三叹之音”称之。黄庭坚有诗，称其“笔端可以回万牛”，而称晁补之则曰“晁子智囊可以括四海”，又称其文章有汉、唐间风味，可以名世。苏轼亦称补之博辩俊伟，于文无所不能。盖补之自少为文，即欲追步屈、宋、班、扬，下逮韩愈、柳宗元之作，促驾力鞭，务与之齐而后已。李廌以文见知于轼，其才气横溢，文章条畅曲折，辩而中理，善论古今治乱，颇与轼相近，驰骤于秦、张之间，未必遽落后尘也。《宋史·文苑传》载张耒尝著论云：

自六经以下，至于诸子百氏、骚人辩士论述，大抵皆将以为寓理之具也。故学文之端，急于明理，如知文而不务理，求文之工，世未尝有也。夫决水于江、河、淮、海也，顺道而行，滔滔汩汩，日夜不止，冲砥柱，绝吕梁，放于江湖而纳之海。其舒为沦涟，鼓为波涛，激之为风飙，怒之为雷霆，蛟龙鱼鳖喷薄出没，是水之奇变也。水之初岂若是哉？顺道而决之，因其所遇而变生焉。沟渎东决而西竭，下满而上虚，日夜激之，欲见其奇，彼其所至者，蛙蛭之玩耳。江、河、淮、海之水，理达之文也，不求奇而奇至矣。激沟渎而求水之奇，此无见于理，而欲以言语句读为奇，反复咀嚼，卒亦无有，文之陋也。

第七节　道学派与功利派

宋代古文家，后世所奉为正宗者，厥惟欧阳、曾、王、三苏。余如周敦颐、张载、程颢、程颐以迄于朱熹、吕祖谦等，皆于哲学史上占有地位，其文亦一洗浮靡之习，是为道学派之文。其南渡以后薛季宣、陈傅良、叶适、陈亮等，致力典章经济，其文亦异于流俗，是为功利派之文。

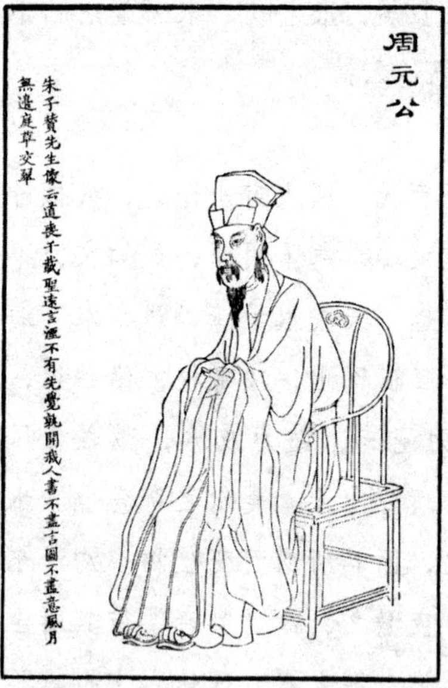

周敦颐
——从清乾隆八年（1743）刊本《晚笑堂竹庄画传》

道学派托始于周敦颐，与敦颐同时者曰邵雍、曰张载。二程兄弟皆出于周敦颐之门，后有杨时、谢良佐、游酢、吕大临，号“程门四先生”，而杨时名最高，朱熹、张栻皆尝从之游。熹同时有吕祖谦、陆九渊，皆一时大师，而朱与陆颇持异同之论，分二派云。所谓道学派者，其渊源大抵如此。

周敦颐主“文以载道”之说，其论文也尝谓：“不知务道德而第以文辞为能者，艺焉而已。”程氏复衍为“作文害道”之论，至比之玩物丧志，尝称：“吕大临之诗曰：‘学如元凯方成癖，文到相如始类俳。独立孔门无一事，只输颜氏得心斋。’盖文学专务章句、悦人耳目者，有之无所补，无之靡所阙，乃无用之赘言。若夫‘观乎天文以察时变，观乎人文以化成天下’，又岂词章之文也？”下逮朱熹，更有详尽之论焉。《朱子语类》有一节云：

> 欧阳子云：“三代而上，治出于一而礼乐达于天下；三代而下，治出于二而礼乐为虚名。”此古今不易之至论也。然彼知政事、礼乐之不可不出于一，而未知道德、文章之尤不可使出于二也。夫古之圣贤，其文可谓盛矣，然初岂有意学为如是之文哉？有是实于中则必有是文于外，如天有是气则必有日月星辰之光曜，地有是形则必有山川草木之行列。圣贤之心，既有是精明纯粹之实，以旁薄充塞乎其内，则其著见于外者，亦必自然条理分明，光辉发越而不可掩盖，不必托于言语、著于简册而后谓之文。但是一身接于万事，凡其语默动静，人所可得而见者，无所适而非文也。姑举其最而言，则《易》之卦画、《诗》之歌咏、《书》之记言、《春秋》之述事，与夫礼之威仪、乐之节奏，皆已列为六经而垂万世，其文之盛，后世固莫能及。然其所以盛而不可及者，岂无所自来，而世亦莫之识也。故夫子言之曰：“文王既没，文不在兹乎？”盖虽已决知不得辞其责矣，然犹若逡巡顾望而不能无所疑也。至于推其所以兴衰，则又以为是皆出于天命之所为，

而非人力之所及。此其体之甚重，夫岂世俗所谓“文”者所能当哉？孟轲氏没，圣学失传。天下之事，背本趋末，不求知道养德以充其内，而汲汲乎徒以文章为事业。然在战国之时，若申、商、孙、吴之术，苏、张、范、蔡之辩，列御寇、庄周、荀况之言，屈平之赋，以至秦汉之间韩非、李斯、陆生、贾傅、董相、史迁、刘向、班固，下至严安、徐乐之流，犹皆先有其实而后托之于言，唯其无本而不能一出于道，是以君子犹或羞之。及至宋玉、相如、王褒、扬雄之徒，则一以浮华为尚而无实之可言矣。雄之《太玄》《法言》，盖亦《长扬》《羽猎》之流而粗变其音节，初非实为明道讲学而作也。东京以降，迄于隋唐，数百年间愈下愈衰，则其去道益远，而无实之文亦无足论。韩愈氏出，始觉其陋，慨然号于一世，欲去陈言以追《诗》《书》六艺之作，而其敝精神、縻岁月，又有甚于前世诸人之所为者。然犹幸其略知不根无实之不足恃，因其颇溯其源而适有会焉。于是《原道》诸篇始作，而其言曰：“根之茂者其实遂，膏之沃者其光煜，仁义之人，其言蔼如也。”其徒和之，亦曰“未有不深于道而能文者”，则亦庶几其贤矣。然今读其书，则其出于谄谀戏豫放浪而无实者，自不为少。若夫所原之道，则亦徒能言其大体，而未见其有探讨服行之效。使其言之为文者，皆必由是以出也。故其议论古人，则又直以屈原、孟轲、马迁、相如、扬雄为一等，而犹不及于董、贾。其论当世之弊，则但以辞不己出而遂有神徂圣伏之叹。至于其徒之论，亦但剽掠潜窃为文之病，大振颓风，教人自为，为韩之功。则其师生之间传授之际，盖未免裂道与文以为两物，而于其轻重缓急、本末宾主之分，又未免于倒悬而逆置之也。自是以来，又复衰歇数十百年，而后欧阳子出，其文之妙，盖已不愧于韩氏，而其曰“治出于一”云者，则自荀、扬以下皆不能及，而韩亦未有闻焉。是则疑若几于道矣，然考其终身之言与其行事之实，则恐其亦未免于韩氏之病也。抑又尝以其徒之说考之，则诵其言者，既曰“吾老将休，付子斯文矣”，而又必曰“我所谓文必道俱”；其推尊之也，既曰“今之韩愈矣”，而又必引夫“文不在兹”者以张其说。由前之说，则道之与文，吾不知其果为一耶为二耶；由后之说，则文王、孔子之文，吾又不知其与欧、韩之文果若是其班乎否也。呜呼！学之不讲久矣，习俗之谬，其可胜言也哉？吾读《唐书》而有感，因书其说以订之，因言文士之失曰：“今晓得义理底人少，间被物欲激搏，犹自一强一弱、一胜一负。如文章之士，下稍头都靠不得。”且如欧阳公，初间做本论，其说已自大段拙了，然犹是一片好文章有头尾。他不过欲封建井田与冠昏丧祭蒐田燕飨之礼，使民朝夕从事于此。少间无工夫被佛氏引去，自然可变，其计可谓拙矣，然犹是正当议论也。到得晚年，自做《六一居士传》，宜其所得如何，却只说有书一千卷、《集古录》一千卷、琴一张、酒一壶、棋一局，与一老人为六，更不成说话，分明是自纳败阙。如东坡一生读尽天下书，说无限道理。到得晚年过海，做昌化峻灵王庙碑，引唐肃宗时一尼恍惚升天，见上帝以宝玉十三枚赐之，云中国有大灾，以此镇之。今此山如此，意其必有宝。更不成议论，似丧心人说话。其他人无知如此说尚不妨，你平日自视为如何？说尽道理却说出这般话，是可怪否？观于海者难为水，游于圣人之门者难为言。分明是如此了，便看他们这般文字不入。

道学派以经术道德自任，本不屑屑于词章之末。然当时言古文者必曰返雕为朴，折衷于经术，因文以见道，彼道学派既拳拳于“文以载道”，则亦甚有协于文体复古之趣。故周、邵、张、程、朱、陆诸人之文，其说理精粹，有从容闲暇之象，以平实坦易为主，以言返朴还淳，或又非普通文士所能几及。如邵雍之《太极图说》、周敦颐之《通书》、张载之《西铭》、二程所为墓志之文，皆不可谓非散体文之工焉者也。

至于朱熹尝谓“人之才德偏有长短，其或意中了了而言不足以发之，则亦不能传于远矣，故孔子曰：‘辞达而已矣。’”是亦未尝不致意于修辞之末矣。黄震《日抄》云：“朱子为文，其天才卓绝，学力宏肆，落笔成章殆于天造。其剖析性理之精微，则日精月明；其穷诘邪说之隐遁，则神搜霆击；其感慨忠义、发明《离骚》，则苦雨凄风之变态；其泛应人事、游戏翰墨，则行云流水之自然。”刘熙载亦称：“朱子之文，表里莹彻。故平平说出，而转觉矜奇者之为庸；明明说出，而转觉恃奥者之为浅。其立定主意，步步回顾，方远而近，似断而连，特其余事。”

吕祖谦之文，朱熹尝病其太杂。然祖谦词多根柢，不涉游谈，故豪迈骏发而无嫌于古。陆九渊、张栻等皆以道学文章与朱、吕相上下，不失为南宋作者。刘熙载尝谓："陆文得孟子之实，不容意为去取，亦未易评。"良亦实大声宏者欤！宋末周密《癸辛杂识》云：

> 南渡以来，太学文体之变，乾、淳之文师淳厚，时谓之"乾淳体"。至端平江万里习《易》自成一家，文体几于中复。淳祐甲辰，徐霖以《书》学魁南省，全尚性理，时竞趋之，即可以钓致科第功名，自此非四书、东西铭、太极图、通书、语录不复道矣。至咸淳之末，江东李谨思、熊瑞诸人倡为变体，奇诡浮艳，精神焕发，多用《庄》《列》之语，时人谓之"换字文章"，对策中有"光景不露""大雅不浇"等语，以至于亡，可谓文妖矣。

按此可见道学派之影响于科场，其穷而渐变，亦风气使然。密遽谓之"文妖"，而又于他书诋詈道学派诸儒，至欲伸文词以抑道学，何也？

功利派薛季宣、陈傅良、叶适皆永嘉人，陈亮永康人，故又号"永嘉学派"。先是，永嘉人周行己早从伊川程颐游，传其绪论，为文学东坡而明白淳实，粹然为儒者之言。其后薛季宣尝师事伊川之门人袁溉，晚复与朱熹、吕祖谦等往还，多所商榷，然朱子喜谈心性而季宣则兼重事功。陈傅良初师事季宣，及入太学，与吕祖谦、张栻相友善，而其为学，以通知成败、谙练掌故为长，盖得于季宣者为多。其所为文，多切于实用，而密栗坚峭，自然高雅。叶适亦祖述季宣，而文章雄赡，才气奔逸，其碑版之作简质厚重，尤可追配作者。陈傅良、叶适及陈亮又皆从学于郑伯熊，伯熊亦永嘉人，私淑周行己之学而光大之者也。

叶适较陈傅良稍晚出而享名最盛，学者号为“水心先生”。《宋元学案》谓：“乾淳诸老既殁，学术之会，总为朱、陆二派，水心断断其间，遂称鼎足。然水心工文，故弟子多于辞章。”按叶适于文章之概念，亦有暗合于道学派之处，如云：“立言非专为文。言之支流派别散而为文则言已亡，言亡而大义息矣。欧阳公乃通以后世文字为言，而以立言为不如有德之默，不知文之不可以为言也。”又云：“文者，言之衍也。古人约义理以言，言所未究，稍曲而伸之尔。其后俗益下、用益浅，小为科举，大为典册，虽刻秾损华，往往在义理之外，力且尽而言不立。”《宋元学案》又谓：“永嘉功利之说，至水心始一洗之。”其在斯乎？

陈　亮
——从清道光十年（1830）刊本《古圣贤像传略》

陈亮故与朱熹友善，亦尝与吕祖谦讲论，而其为学则以读书经济为事，嗤黜空疏随人牙后谈性命者，以为灰埃，故持论与朱、吕相左。朱熹尝诋之曰：“同甫在利欲胶漆盆中。”又曰：“才高气粗，故文字不明莹。”然其议论之文，才辩纵横，不可控勒，似天下无足当其意者。生平喜学欧文，尝选《欧阳文粹》，其序极与欧文相类，然他文却不尽似之。亮尝上孝宗皇帝书，贬驳道学，至谓“今世之儒士，以为得正心诚意之学者，皆风痺不知痛痒之人”。而其自跋《中兴论》，复言一日读《杨龟山语录》，谓“人住得然后可以有为。才智之士非有学力，却住不得”，不觉恍然自失。可见同甫之所驳者乃无实之人，非龟山一流也。刘熙载评其文曰：“箴砭时弊，指画形势，自非绌于用者之比，如四上孝宗皇帝书及《中兴五论》之类是也。特其意思挥霍，气象张大，若使身任其事，恐不能耐烦持久。试观赵营平、诸葛武侯之论事，何尝挥霍张大如此！”

按：南渡以后，道学、功利两派诸人文体，大抵沿袭欧阳修及曾、王、三苏，各得其一节之似。朱熹瓣香曾巩，陈傅良初学欧阳、后学张耒，此其昭然者。吕祖谦之辩博凌厉，叶适之纵论政治，陈亮之不可控勒，皆有苏氏父子之风。即其功利之谈，亦未始不暗合于王安石“文者务为有补于世”之说也。

叶适门人以文章著者，曰陈耆卿。适序其所作，以为学游、杨而文张、晁也。然观车若水《脚气集》载当时王象祖之言，可略知其递嬗，盖不能无末流不振之感也。《脚气集》云：

大甲王老先生讳象祖，字德甫，尝以文见水心，水心所谓“尘垢拭杯案”者也。其文简古老健，篔窗亦畏之，第方褊不似懵窗圆活，然非有意不为文，非有味不为句，尤未易及，但所见自僻。中略。予弱冠时尝投其书，答书有云：“文字之趋日靡矣。皇朝文统，大而欧、苏、曾、王，次而黄、陈、秦、晁、张，皆卓然名家，辉映千古。中兴以来，名公巨儒不自名家，张、吕、朱氏造儒术而非文艺，独水心擅作者之权，一时门人，孰为升堂孰为入室，晚得陈懵窗而授之柄。今懵窗之门亦夥矣，求其可授者，未有也。人才之续绝，天运之盈亏也；斯文之隆替，国家之治忽也。前者复出，后者藐然，则识者惧矣。乡邦之彦，嘲风露而写光影，借比、兴而盗《离骚》，句吟字炼，岂无一得？而与之读《檀弓》、谈《左传》、评《国语》及太史公、贾谊、扬雄、韩、柳、欧、苏之作，求其一言之几于道，莫得也。议论甚不是，文章自好，什么文柄，未有可授者也。”

篔窗者，陈耆卿也。车若水尝师事之。后若水崇尚理学，遂倾向于道学派云。

此外，诗人范成大、杨万里、陆游等，其文皆为诗名所掩。范成大仅有诗集传世。万里之文，往往杂以诗句，散体文尤非所擅。陆游乃王安石门人陆佃之孙，世承文献，其为文遣词命意，尚有北宋典型，《四库总目提要》称其“根抵不必其深厚，而修洁有余；波澜不必其壮阔，而尺寸不失。中略。较南渡末流以鄙俚为真切，以庸沓为详尽者，有云泥之别矣。”是游之文，又未始不可在南渡后道学、功利两派之外独标一帜者也。

第八节　晚宋之文风

今所传吕祖谦《古文关键》二卷，取韩愈、柳宗元、欧阳修、曾巩、苏轼、张耒之文凡六十余篇，各标举其命意布局之处，示学者以门径，卷首冠以总论看文、作文之法。择古人之文章而批点之，当以此篇为始。朱熹尝以拘于腔子议之，要之不为无益，亦治学之一端耳。

祖谦之门人楼昉撰《崇古文诀》，大约如《古文关键》，所录上溯《史》《汉》，迄于宋朝，篇目增多，发明尤精，《四库总目提要》称其“繁简得中，尤有裨学者”。盖因其师说推阐加密，正未可以文皆习见而忽之矣。

東萊先生古文關鍵卷之上
韓昌黎文
獲麟解
麟之爲靈昭昭也詠於詩書於春秋
雜出於傳記百家之書
雖婦人小子皆知其爲祥也然麟之爲物不畜
於家不恒有於天下其爲形也不類非若馬牛犬豕豺
狼麋鹿然然則雖有麟不可知其爲麟也角者吾知其
爲牛鬣者吾知其爲馬　犬豕豺狼麋鹿

《古文关键》书影

吕祖谦撰，清初冠山堂精刻本

真德秀，道学之儒也。尝编《文章正宗》，分辞令、议论、叙事、诗歌四类，录《左传》《国语》以下至于唐末之作，盖亦循吕氏《关键》之例而稍变其意者。然其持论甚严，大意主于论理而不论文，清顾炎武《日知录》尝病其执理太过。故书虽卓然自成一说，而四五百年来，自讲学家以外，未有尊而用之者。《四库总目提要》则曰：“专执其法以论文，固矫枉过直；兼存其理以救浮华冶荡之弊，则亦未尝无裨。”欲知宋代散体文之流变者，固亦未可废也。

晚宋文体，卑靡益甚，独文天祥、谢枋得尚有可得而称者。天祥平生大节照耀今古，其文章亦极雄赡，如长江大河，浩瀚无际。枋得之名，彪炳于史册，其文章亦博大昌明，具有法度，不愧有本之言。枋得尝编《文章轨范》七卷，录汉、晋、唐、宋之文凡六十九篇，亦略如吕氏《关键》之例。而韩愈之文居三十一，柳宗元、欧阳修之文各五，苏洵之文四，苏轼之文十二，其余诸葛亮、陶潜、杜牧、范仲淹、王安石、李觏、李格非、辛弃疾各一。前二卷题曰“放胆文”，后五卷曰“小心文”，各有批注圈点。明王守仁叙刻此书，称其为当时举业而作，然凡所标举，动中窾要。古文之法，沿至赵宋末造，则可于斯编见之矣。

谢枋得

——从明万历三十七年（1609）原刊本《三才图会》

按《四库全书》集部总集

类著录《论学绳尺》十卷，宋魏天应编。其书虽为谈古文者所不乐道，而当时场屋应试文字之程式，亦可因以考见。《四库总目提要》云：

> 是编辑当时场屋应试之论，冠以《论诀》一卷。所录之文分为十卷，凡甲集十二首，乙集至癸集俱十六首。每两首立为一格，共七十八格。每题先标出处，次举立说大意，而缀以评语。又略以典故分注本文之下。中略。考宋礼部贡举条式，元祐法以三场试士，第二场用论一首。绍兴九年定以四场试士，第三场用论一首，限五百字以上成，经义、诗赋二科并同。中略。是当时每试必有一论，较诸他文应用之处为多，故有专辑一编，以备揣摩之具者。天应此集，其偶传者也。其始尚不拘成格，如苏轼刑赏忠厚之至论，自出机杼，未尝屑屑于头项心腹腰尾之式。南渡以后，讲求渐密，程式渐严，试官执定格以待人，人亦循其定格以求合，于是双关三扇之说兴，而场屋之作遂别有轨度。虽有纵横奇伟之才亦不得而越。此编以“绳尺”为名，其以是欤？中略。当日省试中选之文多见于此，存之可以考一朝之制度，且其破题、接题、小讲、大讲、入题、原题诸式，实后来八比之滥觞，亦足以见制举之文，源流所自出焉。

制举之文本不足论，然在昔科举时代，无论文豪词伯，苟有志功名，莫不由此进身，即莫不于此致力，就其形式而言，自不失为散体文之附庸。爰附于此，其渊源所自亦可概见矣。

第三章

宋之四六文

第一节　宋四六文之源流

四六之名，何自昉乎？清孙梅《四六丛话》凡例云：

> 古文有韵谓之文，无韵谓之笔。梁时沈诗任笔，刘氏三笔六诗是也。骈俪肇自魏晋，厥后有齐梁体、宫体、徐庾体，工绮递增，犹未以“四六”名也。唐重文选学，宋目为词学，而章奏之学则令狐楚以授义山，别为专门。今改樊南甲乙，始以“四六”名集，而柳州《乞巧文》云“骈四俪六，锦心绣口”又在其前。《词学指南》云：“制用四六，以便宣读。”大约始于制诰，沿及表启也。

此言四六文体制之演化，溯远源于魏晋，而与诗赋则同源而异派。其形式上显然之异点，则诗赋有韵，四六文无韵是也。宋王铚撰《四六话》，亦有溯源之说，以为四六皆诗赋之苗裔，且随诗赋为盛衰焉。其说略云：

> 唐天宝十二载，始诏举人策问外试诗、赋各一首，自此八韵律赋始盛，其后作者，如陆宣公、裴晋公、吕温、李程，犹未能极工。逮至晚唐，薛逢、宋言及吴融出于场屋，然后曲尽其妙，然但山川草木、雪风花月，或以古之故实为景题赋，于人物情态为无余地，若夫礼乐刑政、典章文物之体，略未备也。国朝名辈，犹杂五代衰陋之气，似未能革。至二宋兄弟，始以雄才奥学，一变山川草木、人情物态，归于礼乐刑政、典章文物，发为朝廷气象，其规模闳达深远矣。继以滕、郑、吴处厚、刘辉，工致纤悉备具，发露天地之藏，造化殆无余巧，其檃括声律，至此可谓诗赋之集大成者。亦由仁宗之世太平闲暇，天下安静之久，故文章与时高下。盖自唐天宝远迄于天圣，盛于景祐、皇祐，溢于嘉祐、治平之间，师友渊源，讲贯磨砻，口传心授，至是始克大成就者，盖四百年于斯矣。岂易得哉，岂一人一日之力哉？中略。世所谓笺题、表启号为四六者，皆诗赋之苗裔也。故诗赋盛则刀笔盛，而其衰也亦然。

按王铚，宋徽宗时人，自序又谓："先君子少游学四方，学文于欧阳文忠公而授经于王荆公、王深父、常夷甫。既仕，从滕元发、郑毅夫论作赋与四六，其学皆极先民之渊蕴。铚每侍教诲，常语以为文为诗赋之法。"其论四六文之由来，有如上述之说者，殆亦有得于当时师友之讨论。然斯时号为四六者，不过笺题、表启应用之文而已。其所谓“与时高下”者，易辞言之，即国家政令足以左右之耳。其立说似囿于场屋，亦足以传示北宋一部分学士大夫对于四六文之见解。若其远溯渊源，不过极于唐之天宝，则其为说也，方之孙梅，犹逊其赅矣。

按王应麟《词学指南》序云：

> 博学宏词，唐制也。吏部选未满者试文三篇，赋、诗、论。中者即授官。韩退之谓所试文章亦礼部之类，然名相如裴、陆，文人如刘、柳，皆由此选。中略。皇朝绍圣初元，取士纯用经术，五月，中书言唐有词藻宏丽、文章秀异之科，皆以众之所难劝率学者，于是始立宏词科。二年正月，礼部立试格十条，章、表、赋、颂、箴、铭、诫谕、露布、檄书、序记。除诏诰、赦敕不试，又再立试格九条，曰章、表、露布、檄书以上依四六。颂、箴、铭、诫谕、序记，以上依古今体，亦许用四六。四题分两场，岁一试之。大观四年五月，以立法未详，改为词学兼茂科。除去檄书，增入制诏，仍以四题为两场，内二篇以历代故事借拟为题，余以本朝故事或时事，盖质之古以觇记览之博，参之今以观翰墨之华。宣和五年七月，职方员外郎陈磷奏，岁试不无幸中，乃有省闱附试之诏，由是三岁一试。绍兴三年，工部侍郎李擢请别立一科，七月，诏以博学宏词为名，凡十二体，曰制诰、诏、书、表、露

布、檄、箴、铭、记、赞、颂、序。古今杂出六题，分为三场，每场一古一今，三岁一试如旧制。中略。盖是科之设，绍圣颛取华藻，大观俶尚淹该，爰暨中兴，程式始备。科目虽袭唐旧，而所试文则异矣。朱文公谓是科习谄谀夸大之词，竞骈俪刻雕之巧，当稍更文体，以深厚简严为主，然则学者必涵泳六经之文以培其本云。

此序历述科举制度与四六文之关系，即王铚所谓“与时高下”也。大抵北宋初叶，科举制度多沿唐旧，故迄至真宗朝以前，乃四六之因袭时期也。仁宗以后，欧阳修倡改科举制度，至神宗相王安石，尽革旧规，罢诗赋，崇经术，而四六文遂随与俱变，是为四六文之改革时期。洎乎绍圣立宏词科，沿及南渡，以迄丧邦，其间四六作家辈出，可谓风靡一时，譬之春花竞放，殆已精华尽泄矣，虽朱熹、真德秀辈欲以经术挽其颓波，曾无补也。

第二节　宋四六文之应用与修辞

宋四六文大都用于诏制、表启者为繁，绳以清曾国藩《经史百家杂钞》文体分类法，皆属于告语门。诏制者，上告下者也；表者，下告上者也；启者，同辈相告者也。此外如上梁文、乐语，则词赋之变相，属于著作门者也。清曹振镛云：

宋诏多古体，制则今古体参半，惟表启最繁、家有数卷，上梁文、乐语，作者每工。中略。至于赋乃有韵之文。诰檄、国书、露布，词科间有拟作；青词、表本、疏牓，于义无取；记传、碑序，传盖鲜矣。

按曹振镛编次、彭元瑞所纂《宋四六选》，仅限于诏、制、表、启、上梁文、乐语六体，余皆不录。盖宋代散行文亦复盛极一时，四六文之应用惟此六体为偏盛，较之魏晋、六朝、初唐一切文字皆取骈俪，则有间矣。然当时士大夫亦颇以此相尚，盖亦入仕途者所不可忽也。宋谢伋《四六谈麈》自序云：

三代、两汉以前，训诰、誓命、诏策、书疏，无骈俪粘缀，温润尔雅。先唐以还，四六始盛，大约取便于宣读。本朝自欧阳文忠、王舒国，叙事之外作为文章，制作浑成，一洗西昆磔裂烦碎之体。厥后学之者益以众多，况朝廷以此取士，名为博学宏词，而内外两制用之，四六之艺诚日大矣。下至往来笺记启状皆有定式，故谓之应用，四方一律，可不习而知。

故自今日观之，宋之四六文不过占宋文学之一部分，而在当时，则官私文书之讲求典赡工致者必从事于此，不仅取便于宣读已也。宋英宗时，司马光擢翰林学士，以不能为四六谢不拜命，强之乃受。按司马光学殖淹博，文辞最为典雅，其文集内表启之类亦间有四六之作，岂不能为四六者？盖亦思所以矫当世之失，冀渐返于淳朴耳。惟当世俗尚所趋，于此正可概见，光虽思有以矫之而终未能也。

宋代学者谈四六文之修辞者颇不乏人，南渡以后尤夥，择录如下：

吕祖谦云："凡作四六，须声律协和，若语工而不妥，不若少工而浏亮。上句有好语而下句偏枯，绝不相类，不如两句俱用常语。"

叶梦得云："前辈作四六，不肯多用全经语，恶其近赋也。然意有适会，语亦有不得避者，但不得强用之尔。**中略**。自大观后，时流争以用经语为工，于是相为裒次排比，预蓄以待用，不问切当否。粗可牵合则必用之，虽有甚工者，而文气扫地矣。"

刘克庄云："四六家以书为料，料少而徒恃才思，未免轻疏；料多而不善融化，流为重浊，二者胥失之。"

王铚云："四六有伐山语，有伐材语。伐材语者，如已成之柱桷，略加绳削而已；伐山语者，则搜山开荒，自我取之。伐材谓熟事也，伐山谓生事也。生事必对熟事，熟事必对生事。若两联皆生则伤于奥涩，皆若两联熟则无工。"又云："四六贵出新意。然用景太多而气格低弱，则类俳矣。惟用景而不失朝廷气象，语剧豪壮而不怒张，得从容中和之道，然后为工。"

四六文之修辞，盖有不同于散行文者。元刘祁《归潜志》云：“文章各有体，本不可相犯。故古文不宜蹈袭古人成语，当以奇异自强；四六宜用前人，复不宜生涩求异。”然则四六文之修辞，在文学范围之内，必有一种特殊方法矣，“雕琢”二字犹未足以尽之也。

第三节　因袭派四六作家

宋初文格诗体，大率因沿晚唐五季旧观，诗之有西昆派与文之偏重骈俪，盖同隶于一种背景之下。彭元瑞云：“杨、刘犹沿于古意。”阮元亦曰：“鼎臣、大年，犹沿唐旧。”徐铉字鼎臣，杨亿字大年，刘者刘筠。自徐铉以下，迄于宋庠、宋祁兄弟，皆属于因袭派之四六家，论列如下。

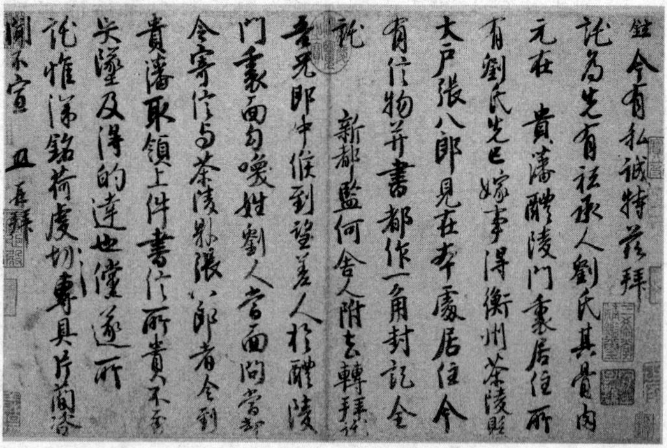

徐铉《私诚帖》尺牍，今藏台北故宫博物院

徐铉当五季之末，为文沿袭燕、许，不能嗣韩、柳之音，而就一时体格言之，则亦迥然孤秀。翟耆年《籀史》曰："太平兴国中，李煜薨，诏侍臣撰神道碑。有欲中伤铉者，奏曰：'吴王事莫若徐铉为详。'遂诏铉撰。铉请存故主之义，太宗许之。铉但推言历数有尽，天命有归而已，其警句曰：'东邻搆祸，南箕扇疑，投抒致慈亲之惑，乞火无邻妇之辞。始劳因垒之师，终后涂山之会。'太宗览之，称叹不已。"后吕祖谦编《文鉴》，多不取俪偶之词而特录此碑，盖亦赏其立言有体，其见重于世，又不徒以词章也。晁公武《郡斋读书志》云："铉幼能属文，尤精小学。为文未尝沉思，自云'速则意思壮敏，缓则体势疏慢'。"《宋史》谓其"从征太原，军中书诏填委，铉援笔无滞，词理精当，时论能之"。盖其文思敏捷，实枚叔之流亚也。

王禹偁之文，已渐变五季雕绘之习，始为古雅简淡之作，然亦不为柳开之奇僻。在词垣时，所为应制骈偶之文亦多宏丽典赡，不愧一时作手。其《谢赐御制月诗表》有云："效星辰之北拱，徒竭丹心；诵乌鹊之南飞，终惭雅咏。"又《谢免和御制元日除夜诗表》有云："丰隆门下，免为聚响之蚊；庄叟山中，甘作不鸣之雁。"皆佳制也。洪迈《容斋三笔》称其《拟李靖平突厥露布》叙颉利求降且复谋窜曰："阱中饿虎，暂为掉尾之求；鞲上饥鹰，终有背人之意。"《蕲州谢上表》曰："宣室鬼神之问，敢望生还；茂陵封禅之书，已期身后。"按《青箱杂记》云："禹偁尤精四六，有同时与之在翰林而大拜者，禹偁以启贺之曰：'三神山上，曾陪鹤驾之游；

六学士中，独有渔翁之叹。’以白乐天曾有诗云‘元和六学士，五相一渔翁’故也。”其隶事隽永，有如此者。

杨 亿

杨亿之文，大致如其诗，宗法李商隐而逊其精警。时际升平，春容典赡，无唐末五代衰飒之气，不失为治世之音。晁公武《郡斋读书志》曰：“自唐大中后，文气衰滥，国朝稍革其弊，至亿乃振起风采，与古之作者方驾矣。”陈师道《后山诗话》则云：“国初士大夫例能四六，然用散语与故事耳。杨文公刀笔豪赡，体亦多变而不脱唐末五代之气。又喜用古语，以切对为工，乃进士赋体耳。”循师道之说，则公武所谓“振起风采”者，殆可与晚唐李商隐方驾。按《西轩客谈》谓杨亿为文用故事，使子侄检讨出处，用片纸录之，文成而后掇拾，人谓之“衲被”，殆媲美于李商隐之“獭祭鱼”也。徐度《却扫编》云：“杨文公亿初入馆时年甚少，故事授馆职必以启事谢先达，公启事有曰：‘朝无绛灌，不妨贾谊之少年；坐有邹枚，未害相如之末至。’一时称之。”《青箱杂记》称：“亿为执政所忌，母病谒告，不俟朝旨，径归韩城与弟倚居，逾年不调，有启谢朝中亲友曰：‘介推母子，愿归绵上之田；伯夷弟兄，甘受首阳之饿。’后除知汝州，而希旨言事者攻击不已，又有启与亲友曰：‘已挤沟壑，犹下石而弗休；方困蒺藜，尚关弓而相射。’”大抵运典遣词切于事情，足与文采相映发，是其所以擅长一时也。又如《汝州谢上表》有云：“酒泉素愿，敢望于生归；丽正残编，几成于死恨。”亦隽雅可诵。

刘筠与杨亿并称。晁公武《郡斋读书志》谓其“文章以理为宗，词尚致密”，有《中山刀笔集》三卷，皆四六应用之文，今无传本。吕祖谦《宋文鉴》取其《大酺赋》一首、《贺册皇太子表》一首，又《回颍州曾学士启》一首，皆丽而有则之作也。

钱惟演亦西昆派之巨擘，与杨、刘号“江东三虎”，遗集甚多，皆不传。《宋文鉴》存其《春雪赋》一首。

晏殊在宋初号曰能文，晁公武《郡斋读书志》称其为文“温纯应用”。其文集篇帙甚富，今皆失传。清《四库全书》仅著录其遗文一卷。吕祖谦《宋文鉴》存其中《园赋》一首，状、表各一首，连珠一首，皆四六文也。又记一首，铭一首。

张咏亦列名西昆派中，其文乃疏通平易，不为崭绝之语。其《声赋》一首穷极幽渺，梁周翰至叹为一百年不见此作，吕祖谦亦选入《宋文鉴》。《四库总目提要》称其“非无意于为文者，特其光明

张　咏
——从清道光十年（1830）刊本《古圣贤像传略》

俊伟，发于自然，故真气流露，无雕章琢句之态。”其《乖崖集》今有传本。

夏竦工为文词，复多材术，而不自爱重，甘心奸邪，非端士也。晁公武则称其“善为文章，尤长偶俪之语，朝廷大典策屡以属之”，《四库总目提要》亦曰：“竦之为人无足取。其文章则词藻赡逸，风骨高秀，尚有燕、许轨范。”欧阳修《归田录》载其《辞免奉使启》有云：“义不戴天，难下穹庐之拜；礼当枕块，忍闻鞣鞨之音。”又有云：“王姬作馆，接仇之礼既嫌；曾子回车，胜母之游遂辍。”余如《青箱杂记》《东轩笔录》《中山诗话》《玉海》《困学纪闻》诸书皆称引之，吕祖谦编《文鉴》亦颇采录。盖其文可取，不以其人废矣。集中多朝廷典册之文，盖所长特在于是也。

范仲淹
——从明万历三十七年（1609）原刊本《三才图会》

宋庠文章多馆阁之作，皆温雅瑰丽，沨沨乎治世之音。《四库简明目录》称其与尹洙、欧阳修分道扬镳，譬枚、马、贾、董，体制各殊而均为一代作者。庠弟祁，修《唐书》列传，务为艰涩，又删除骈体，一字不登。然其文乃博奥典雅，追唐人之格律，无所谓奇险难句者。盖其为文谨严不苟，未可尽以诘屈斥也。庠、祁兄弟，并称“二宋”，《四库总目提要》称其“方驾燕、许之轨”云。

胡宿亦工于四六，《四库总目提要》谓“当时文格未变，尚沿四六骈偶之习，而宿于是体尤工，所为朝廷大制作典重赡丽，足以追纵六朝”云。

范仲淹自读书入官，志在康济，未尝沾沾于词章之末，然亦雅善四六。微时从其母改适，冒姓朱，后复本姓。以启谢时宰，有曰：“志在逃秦，入境遂称于张禄；名非霸越，乘舟偶效于陶朱。”用范雎、范蠡，皆当家故事。吴处厚《青箱杂记》、洪迈《容斋三笔》并称其工切。

第四节　改革派四六作家

宋四六自欧阳修、王安石、苏轼等以散行之气，运骈俪之文，可谓另出机杼，其组织经传、陶冶成句，实足跨越前人，清彭元瑞所谓“欧、苏务以气行”、阮元所谓“欧、苏、王、宋始脱恒蹊，以气行则机杼大变，驱成语则光景一新”是也。阮氏之所谓“宋”，殆指宋庠、宋祁兄弟。按二宋虽欲稍变机杼，实未能尽脱窠臼。陈师道云：“国初士大夫例能四六，然用散语与故事尔。欧阳少师始以文体为对属，又善叙事，不用故事陈言而文益高。”盖转移风尚之功，欧阳修应居其首，其后从风而靡者，皆四六文之改革派也，论列如次。

欧阳修早工偶俪之文，试于国学、南省，皆为天下第一。既擢甲科，始识尹师鲁，得韩退之遗文学之。陈振孙《书录解题》谓："欧公本以词赋擅名场屋。"孙梅曰："宋初诸公，骈体精敏工切，不失唐人矩矱。至欧公倡为古文，而骈体亦一变其格，始以排奡古雅争胜古人。而枵腹空笥者亦复以优孟之似，藉口学步。于是六朝三唐格调寖远，不可不辨。"阮元亦曰："衣辞锦绣，布帛伤其无华；工谢雕几，簴业呈其朴凿。"是皆于修之变骈体之恒蹊，不能无微词者也。然《六一居士集》中偶俪之作，亦不乏清新典雅者，如《西湖念语》一首云：

> 昔者王子猷之爱竹，造门不问于主人；陶渊明之卧舆，遇酒便留于道士。况西湖之胜概，擅東颖之佳名。虽美景良辰，固多高会；而清风明月，幸属闲人。并游或结于良朋，乘兴有时而独往。鸣蛙暂听，安问属官而属私；曲水临流，自可一觞而一咏。至欢然而会意，亦旁若于无人。乃知偶来常胜于特来，前言可信；所有虽非于己有，其得已多。因翻旧阕之词，写以新声之调。敢陈薄技，聊佐清欢。

此虽小品文字，而彭元瑞所谓"务以气行"，阮元所谓"始脱恒蹊"，殆不难讽咏而得其意也。陈善《扪虱新语》谓："以文体为四六，自欧阳公始。"盖无韵之文，至欧阳修而会其通，不复以偏长取胜矣。孙梅《四六丛话》引《瑞桂堂暇录》称："欧阳修作诗几及李杜，碑铭记序即不减韩退之，作五代史即与司马子长并驾，作四六洗昆体，作奏议庶几陆宣公，盖得文章之全者。"

王安石之四六文，彭元瑞称其用古，亦即以文体为四六之谓也。其《贺诞皇子表》有云：“盖《芣苢》之薄言采采，众乐先成；则《螽斯》之宜尔振振，宗强孰御。”又《贺致政赵少保》有云：“伯夷之直惟清，仲山之明且哲。所居之名赫赫，岂独后思；尔瞻之节岩岩，方当上辅。”按《四六丛话》引叶适云：“荆公取经史语组缀，有如自然，谓之典雅，自此后进相率效之。”是诚宋四六文之一变也。又《四六谈麈》载：“王荆公在金陵；有中使传宣抚问，并赐银盒茶药，令中外各作一表。既具稿，无可于公意者，公遂自作。有云：‘信使恩言，有华原隰；宝奁珍剂，增贲丘园。’盖五事见四句中，言约而意尽，众以为不及也。”

司马迁

——从清乾隆八年（1743）刊本《晚笑堂竹庄画传》

与王安石同时有元绛、王珪，并善四六。绛晚岁以安石荐入翰林，一时文诰多出其手，时人称其“精丽稳密”。王珪亦以文章致位通显，与安石同预大政，其文博赡瑰丽，自成一家，典内外制十八年，集中多大典策，故骈俪之作尤多而且工。王铚、谢伋、陆游、杨万里等往往称之，盖揖让于二宋之间无愧色云。

司马光尝以不善为四六辞知制诰，邵伯温《闻见录》记王安石推重其文类西汉。今按《传家集》，其文亦气象宏伟，所存文诰亦有用俪体者。但语自质实，不以妃青俪白为工耳。《宋四六选》录其《进〈稽古录〉表》，有云：

> 惟稽古尧、舜之旧章，惟信史《春秋》之成法。高山可仰，覆辙在前，其兴亡在知人，其成败在立政。或当艰难之运，而不能师用贤智；或有恻隐之意，而无以照知忠邪。载籍之编，患乎太漫；鉴观之主，力不暇遑。敢用芟夷，略存体要。

此等文字，虽具骈偶之形式而朴凿无华，诚如阮元所谓“衣辞锦绣，工谢雕几”，视欧阳修殆尤甚焉。

苏轼词源如长江大河，汹涌奔放，瞬息千里，可骇可愕；而于四六文之用事属对，亦精妙切当，人不可及。其通守余杭日，《答高丽私觌状》有云：“归时事于宰旅，方劳远勤；发私币于公卿，亦蒙见及。”费衮《梁溪漫志》尝引称之。盖发币一事，乃外夷使者致馈之故实也。洪迈《容斋三笔》称其《坤成节疏》有曰：“至哉坤元，德既超于载籍；养以天下，福宜冠于古今。”又《慰国哀表》有曰：“大哉孔子之仁，泫然流涕；至矣显宗之孝，梦若平生。”《谢赐带马表》有曰：“枯羸之质，匪伊随之而带有余；敛退之心，非敢后也而马不进。”王铚《四六话》则称其后为兵部尚书，又作《谢衣带表》有曰：“物生有待，天地无穷。草木何知，冒庆云之渥采；鱼虾至陋，借沧海之荣光。虽若可观，终非其有。”且谓："四六至此，涵造化妙旨矣。"朱翌《猗觉寮杂记》又称其脍炙人口者，如《黄州谢表》有曰："天地能覆载之，而不能容之于度外；父母能生育之，而不能出之于死中。"盖用《后汉书·袁敞传》张俊语曰："天地父母能生臣俊，不能使臣俊当死复生。"斯其驱成语而以气行，信足以一新光景也。孙梅论宋代翰苑文章，以三等概诸家，而欧阳修与苏轼为上，其赞扬之词曰："智珠在握，春丽纷敷。笔综九流，转若枢而罔碍；胸罗万卷，运于手而不知。浩若长河之东注，贲若化工之肖物。"又评轼曰："东坡四六，工丽绝伦中，笔力矫变，有意摆落隋唐、五季蹊径。以四六观之则独辟异境，以古文观之则故是本色，所以奇也。"按《东坡全集》中四六诸作，最为后世传诵者，莫如《王安石赠太傅制》及《吕惠卿谪词》两首，文繁不具录。朱弁《曲洧旧闻》谓："吕惠卿之谪也，刘攽当草制，引疾而出，轼一挥而就，不日传都下，纸为之贵云。"轼弟辙与兄颉颃，四六之作亦有可观。

曾巩早以文章名天下，晚入掖垣，所为代言之文古质无华，殆不可以四六名之。间出骈骊之语，裁对高浑，运词典藻，孙梅谓"求之唐人，燕、许有其瑰奇而无其缜密"云。

曾肇，巩之季弟。文章稍不及巩，其制诰诸作亦温润典雅，徽宗朝尝草兄布拜相制，世称其得命次之体云。

此时期中，文士以文章名天下，或曾典内外制者，如刘敞、刘攽、吕诲、吕公著、黄庭坚、秦观、张耒、陈师道、晁补之、晁咏之、李之仪、邓润甫、林希、吕惠卿、韩忠彦、张舜民、李清臣、李邴，皆擅四六。邓润甫当熙宁中，以翰林学士兼掌皇子阁笺记，一时制作皆出其手，其《立哲宗为皇太子制》末云："离明震长，绵帝祚于亿年；解吉涣亨，洒天人于万宇。"天下诵之。洪迈尝称其《行贵妃制》有曰："《关雎》之得淑女，无险陂私谒之心；《鸡鸣》之思贤妃，有警戒相成之道。"哲宗立，润甫在院，一夕草制二十有二首，盖其才华赡敏，一时称独步焉。林希当哲宗绍圣朝，因章惇荐，获典书命，章惇逞毒于元祐诸臣，凡司马光等降谪之制皆希当笔，词极丑诋。孙梅《四六丛话》引《野老纪闻》谓："林希绍圣初在外制，行元祐诸公谪词，是非去取，固时相风旨，然而命词似西汉诏令，有王言体，于苏轼一词尤不草草，苏见之曰：'林大亦能作文章耶？'"其词有云："若讥朕过失，亦何所不容。乃代予言，诋诬圣考，乖父子之恩，害君臣之义。在于行路，犹不戴天；顾视士民，何施面目？"又曰："虽汝轼文足以惑众，辩足以饰非，然而自绝君亲，又将谁怼？"吕惠卿佐王安石行新法，为文长于表奏。王铚《四六话》谓其自资政殿大学士贬建州也，苏轼行谪词，剧口诋之，号为"元凶"。吕既至建州，谢表末云："龙鳞凤翼，固绝望于攀缘？虫臂鼠肝，一冥心于造化。"轼见此表于邸报，笑曰："福建子难容，终会作文字。"罗大经《鹤林玉露》录其表语云："九金聚粹，共图魍魉之形；孤剑埋光，尚负斗牛之气。"指正人为邪人如此，人主何以辨之？王铚所称之谢表，彭元瑞录入《宋四六选》内，视苏轼之作无多让也。按林希、吕惠卿此等文字，姑就其清词丽句而欣赏之，尚可隶属于文学范围之内，其邪正是非固不足论也。

第五节　南宋四六作家

彭元瑞《宋四六选》序有曰：

> 洎乎渡江之衰，鸣者浮溪为盛。盘洲之言语妙天下，平园之制作高禁中。杨廷秀笺牍擅场，陆务观风骚余力。尊幕中之上客，捉刀竞说三松；封席上之青奴，标准犹传一李。后村则名言如屑，秋崖则丽句为邻。臞轩、南窗、愭窗、象麓，雄于末造，讫在文山。

阮元序《四六丛话》亦曰：

> 南渡以还，浮溪首倡。野处、西山，亦称名集；渭南、北海，并号高文。

彭、阮二氏所称引，凡宋室南渡后工于四六文者，大抵尽之矣。浮溪者，汪藻也；盘洲者，洪适也；平园者，周必大也；廷秀者，杨万里也；务观者，陆游之字，“渭南”则其文集之名也。“捉刀竞说三松”者，王子俊尝客蜀幕，所著有《三松类稿》也。“标准犹传一李”者，李刘有《四六标准》也；后村者，刘克庄也；秋崖者，方岳也；臞轩者，王迈也；篔窗者，陈耆卿也；文山者，文天祥也；野处者，洪迈也；西山者，真德秀也；北海者，綦崇礼也；尚有王安中、翟汝文、孙觌诸人，皆南宋四六名手；而彭、阮二氏未之及者，囿于俪词故也。兹列叙如次。

汪藻四六之工，自少年即妙，张邦基《墨庄漫录》称其崇宁三年《谢颁冰表》有云："使漱润而吮清，得除烦而涤秽。顺时致养，俯同豳雅之春开；受命知荣，固异卫人之夕饮。"又曰："防履深薄之危，不昧至坚之渐。子孙传诵，记御林金碗之香；生死不忘，动宫井玉壶之洁。"洪迈称其作《靖康册康王文》有云："汉家之厄十世，宜光武之中兴；献公之子九人，惟重耳之尚在。"又责张邦昌有云："虽天夺其衷，坐愚如此；然君异于器，作匮可乎？"又知徽州，其乡郡也。谢启有云："城郭重来，疑千载去家之鹤；交游半在，感一时同队之鱼。"谢伋《四六谈麈》称其《贺吕成公初大拜启》有云："方群臣忧杞国之天，靡遑朝夕；乃两手取虞渊之日，重正乾坤。"故《四库总目提要》论之曰："藻学问博赡，为南渡后词臣冠冕。中略。统观所作，大抵以俪语为最工。其代言之文，如《隆祐太后手书》《建炎德音》诸篇，皆明白洞达，曲当情事，诏令所被，无不凄愤激发，天下传诵，以比陆贽。说者谓其著作得体，足以感动人心，实为词令之极则。中略。孙觌作藻墓志，以大手笔推之，殆非溢美。"惟罗大经《鹤林玉露》记藻初投李纲启有云："孤忠贯日，正二仪倾侧之中；凛气横秋，挥万骑笑谈之顷。"又云："士颂公冤，咸举幡而集阙下；帝从民望，令免胄以见国人。"其赞美至矣，及草纲谪词，则曰："朋奸罔上，有虞必去于驩兜；欺世盗名，孔子先诛于正卯。"当时有问藻者，藻云："我前启自直一翰林学士，而彼不我用，安得不丑诋之？"此则颇为后世所讥。又名节、心术之事，与文章之工拙别为一论者矣。大抵就文章而论，宋四六自欧阳、苏、王大变机杼，追绍圣后置词科，习者益众，若汪藻者，殆其集大成者也。陈振孙《书录解题》，于汪藻推崇备至，且谓其度越晚唐，视令孤楚、李商隐为尤工。孙梅则有说辩其不然，其说曰：

> 浮溪之文可称精切，南宋作者未能或先，然何可与义山同日语哉？古之四六，句自为对，语简而笔劲，故与古文未远。其合两句为一联者，谓之“隔句对”，古人慎用之，非以此见长也。故义山之文，隔句不过通篇一二见，若浮溪非隔句不能警矣，甚至长联至数句、长句至十数字者，以为裁对之巧，不知古意寖失，遂成习气。四六至此，弊极矣，其不相及者一也。义山隶事多而笔意有余，浮溪隶事少而笔意不足，其不相及者二也。若令狐文体尤高，何可妄为轩轾乎？

按文章随世运为转移，其升降高下，有不可强致者。孙氏盖谓骈俪之文以唐为极盛，故于汪藻之评骘如此。

王安中当政和中，以作瑞应表受知于徽宗，《宋史》称其“为文丰润敏拔，尤工四六之制”，惟行谊甚为纰缪。《四库总目提要》谓：“其人虽至不足道，而文章富赡，要有未可尽泯者。”亦不以人废言之义。杨万里《诚斋诗话》称其《行余深少宰制》有云：“仰惟前代，守文为难；相我受民，非贤不乂。”又在象州思乡作文有云：“万里丘坟，草木牛羊之践履；百年乡社，室家风雨之飘摇。”陈振孙称其少尝师事苏轼于定武，复受业于晁说之，其议论闻见多得于晁氏，既贵显，遂讳晁学。曾敏行《独醒杂志》亦记其初学东坡书，崇、观、宣、政间颇更少习，南渡以来，复还其旧。盖亦随时翻覆之无行文人也。

孙觌生平出处尤不足道，《四库简明目录》谓其一生巧宦，殆不知世有廉耻。其碑志谀颂宦寺，排抑忠良，殆亦不知世有是非。其词采则汪藻、綦崇礼罕与抗行，亦所谓“孔雀有毒，不掩文章”者，故自宋以来，无不菲薄其人而不废其集焉。周必大为作集序，称其名章隽句，晚而愈精。盖生于元丰，卒于乾道，不可谓非耆宿也。试词科日，代高丽国王作《谢赐燕乐表》，有云：“玉帛万国，干舞已格于七旬；箫韶九成，肉味遽忘于三月。”又云：“荡荡乎无能名，虽莫见宫墙之美；欣欣然有喜色，咸豫闻管籥之音。”洪迈尝称其工致。又谢伋《四六谈麈》称其《黄梂和罢相制》有云：“移股肱者，固非朕志；作耳目者，言皆汝尤。”又《谢吏部侍郎表》云：“名节坏于谤谗，孰听鼠牙之讼；精神销于忧患，屡惊马尾之书。”盖遣词清新，用事切当，是其所以擅长也。

綦崇礼与汪藻、孙觌并擅四六，《宋史》称其妙龄秀发，聪明绝人，覃心辞章，极润色论思之选，“再入翰林凡五年，所撰诏命数百篇，文简意明，不私美，不寄怨，深得代言之体”。盖其操行醇正，远胜汪、孙之徒以词藻文其奸矣。《四库总目提要》云：“观《北海集》所载内外诸制，大约明白晓畅，切中事情，颇与《浮溪集》体格相近。如吕颐浩开督府制词，则楼钥赏其宏伟；王仲嶷落职制词，则王应麟取其精切；邹浩追复待制制词，则《宋史》采入本传，以为能推朝廷所以褒恤遗直之意。其草秦桧罢政制则直著其恶，致桧再相后奏索其稿，几蹈危祸，史所云盖非溢美矣。”按崇礼《行邹浩追复待制制词》有云：“处心不欺，养气至大。言期寤意，引裾尝犯于雷霆；计不惜身，去国再迁于岭徼。具臣动色，志士倾心。”又云：“英爽不忘，想生气之犹在；奸谀已死，知朽骨之尚寒。”陆游《老学庵笔记》称其《谢宫词表》有云：“杂宫锦于渔蓑，敢忘君赐，话玉堂于茆舍，更觉身荣。”时叹其工。又有一表：“欲挂衣冠，尚低回于末路；未先犬马，傥邂逅于初心。”尤佳。楼钥序崇礼《北海集》，有云：“平时为文，不为崖异之言，而气格浑然天成。故一旦当书宣之任，明白洞达，虽武夫、达人，晓然知上意所在，非规规然取青媲白以为工者比也。”循是说也，则崇礼虽与汪、孙并称而终有间矣。

翟汝文尝从苏轼、黄庭坚、曾巩游。史称其为中书舍人时，“外制典雅，一时称之”。盖当北宋之季，如汪藻、孙觌皆以四六著名，惟汝文能与之颉颃。周必大序孙觌《鸿庆集》，谓中多误收汝文所作，亦足见其体格之相近矣。杨万里《诚斋诗话》称其《左仆射制词》用成语而雅驯妥贴，又称其《贺蔡攸除少师启》中有“朝廷无出其右，父子同升诸公”二句，以为截断古语，补以一字，而读者不觉，为巧之至。又洪迈所称为工致者，如《外国王加恩制》云：“宗祀明堂，所以教诸侯之孝；大赉四海，不敢遗小国之臣。”又如知越州日，以擅发常平仓米救荒降官，谢表云：“敢效秦人，坐视越人之瘠；既安刘氏，理知晁氏之危。”《四库总目提要》评其文曰：“大都根底深厚，措词雄健，所谓无一字无来处者，庶几足以当之，非南宋表启涂饰剽掇之比。其为作者所推，非徒然也。”

洪皓三子适、遵、迈，承藉家学，并掇词科，当时称“三洪”焉。而沿流溯源，皓实开之。遵进用最先于兄弟，而得年不永，遗集又无传本。适自撰小传，谓自其少时拟《复得河南贺表》，有云：“齐人归郓讙之田，宣王复文武之境。”颇为作者所称。其内外诸制皆长于润色，藻思绮句层见叠出。其弟迈，于《容斋三笔》中所举称者，如《张浚免相制》《王大宝致仕制》《浙东谢表》《谢生日诗词启》诸联，盖犹未尽其美也。迈与两兄并以文章取盛名，而尤以文备众体受知孝宗。惜其《野处猥稿》，传播未远，清《四库》集部仅著录《野处类稿》二卷。其《容斋随笔》中颇评骘前辈及并时文士四六诸作，苟非致力之勤，亦安能妄下雌黄耶？尝云：“四六骈俪，于文章家为至浅，然上自朝廷命令、诏册，下而缙绅之间笺书、祝疏，无所不用。则属辞比事固宜警策精切，使人读之激昂，讽味不厌，乃为得体。”韩淲《涧泉日记》谓其作翰林学士有文名，“制词有典式，喜用艰深之词，以作碑记，世亦以此宝之”云。

周必大以文学致身宰辅，享耆艾之年，好学不倦，晚益精进。真德秀称其制词最为可法，与王安中、汪藻并举，且谓其体格与场屋之文相近故也。孙梅亦以必大与汪藻同称，曰：“抽青妃白，选义考词，参差叶凤管之和，组织尽鸳机之巧。极雕镵之能事，而妙若天成；驱卷轴之纷纶，而工如己出。若汪浮溪、周益公，又其次也。”此盖专论制敕、诰册，而评之如此。周密《浩然斋雅谈》称其尝戏作《贺冬启》云：“数九九而哦诗，自怜午瘦；辨多多而有酒，骤觉冬肥。”又《词学指南》称其就试时，代交趾拟进驯象表，有云：“名应周郊之五路，克协驭仪；耳闻舜乐之八音，能参率舞。”又云："靡惮奔驰，幸舍鸢飞之跕跕；无烦教扰，俾陪兽乐之般般。"皆曲尽驯象生意，宜其中首选也。

杨万里以诗名，其四六小篇亦精妙绝伦，往往属对出意外，妙若天成，孙梅谓"南宋诸公皆不及"云。其《诚斋诗话》，颇评骘前辈四六文。

陆游诗为中兴之冠，四六文亦佳，彭元瑞所谓"陆务观风骚余力"是也。

楼钥文章淹雅，多为世所传述，《宋史》称其"代言坦明，得制诰体"。叶绍翁《四朝闻见录》载钥所草《光宗内禅制词》，有"虽丧纪自行于宫中，而礼文难示于天下"二语，为海内所称云。

李刘事迹无可称述，《四库全书》著录其《四六标准》四十卷，凡分七十一目，一千九十六首，可谓专门矣。大抵以流丽稳贴为宗，无复唐以来浑厚之气，孙梅评之曰："雕琢过甚，近于纤冗；排偶虽工，神味全失。骈体至此，发泄太尽，难以复古矣。"

真德秀之四六文，在南宋为一大家，孙梅称之曰："华而有骨，质而弥工，不染词科之习，野处、诚斋而下，皆不及也。"盖德秀生朱熹之乡，力崇朱子之绪论，著作甚富，不失为儒者之言，非仅以词章擅场也。其代言之作，孙梅则以之与曾巩并举，视欧、苏为未及，视汪、周则差胜，其说曰："官举其职，人甄厥长；文赡义精，句奇语重。炳然与三代同风，卓尔轶汉京而上，若曾南丰、真西山，固其亚也。"此盖质胜于文之说也。德秀尝有说曰："表章工夫，最宜用力。先要识体制，贺谢、进物，体各不同，累举程文，自可概见。前辈之文，惟汪浮溪集中诸表，皆精致典雅，可为矜式。"是其对于四六文又未尝不推重汪藻，然则文与质二者，固有不可偏废者矣。

王子俊《格斋四六》一卷，《四库全书》著录。子俊有《三松类稿》，此其一也。杨万里称之曰："踵六一、东坡之步武，超然绝尘。"《四库总目提要》则称其"典雅流丽，亦复斐然可观"，故朱彝尊谓其"由中而发，渐近自然，无组织之迹，必谓胜于汪藻、孙觌，固友朋标榜之词，要之骖驾二人，亦足以步其后尘矣"。

真德秀
——从明万历三十七年（1609）原刊本《三才图会》

卫博《定庵类稿》四卷，《四库全书》著录。其中表、札、笺、启、序记、书疏，代人作者十之九，盖亦以四六擅长，每为当时贵显所罗致。《四库总目提要》称其所作亦"工稳流丽，有汪藻、孙觌之余风，非应酬牵率者可比"云。

周南《山房集》九卷，《四库全书》著录。《提要》称其"长于四六，以俊逸流丽见称，制诰诸篇，尤得训词之体"。

李廷忠《橘山四六》二十卷，《四库全书》著录。集中启、札为多。《提要》云："北宋四六大都以典重渊雅为宗，南渡末流，渐流纤弱。廷忠生当淳熙、绍熙之间，正风会将变之时，故所作体格稍卑，往往好博务新，转伤繁冗。然组织尚为工稳，其佳处要不可掩。”

陈耆卿《篔窗集》十卷，《四库全书》著录。按吴子良《荆溪林下偶谈》谓：“耆卿四六理趣深而光焰长，以文人之笔藻，立儒者之典型，合欧、苏、王为一家，叶适深叹赏之。”适所作《耆卿集》序，称许甚至。《四库总目提要》称其“虽当南渡后文体衰弱之余，未能尽除积习，然其纵横驰骤而一归之于法度，实有灏气行乎其间，非啴缓之音所可比”，宜其为适叹赏矣。

王迈《臞轩集》十六卷，《四库全书》著录。其中四六文皆启、札之作。迈少负才名，而史尤称其“练达世务”，盖非徒以词藻见长者也。

刘克庄作四六文好用本朝故事，王士祯《池北偶谈》尝讥其非是，《四库总目提要》则称“其清新独到之处，亦未可尽废”云。

方岳工于四六文，《四库总目提要》谓其“名言隽句，络绎奔赴，以骈体为尤工，可与刘克庄相为伯仲”。又援洪焱祖为作小传，谓其“不用古律，以意为之，语或天出，可谓兼尽其得失”云。

文天祥平生大节照耀今古，不必以词章重，而四六文亦卓然可传。彭元瑞《宋四六选》所录诸首，皆典赡清丽，信所谓“雄于末造”也。

王应麟著《词学指南》论述四六文之修辞，盖以词科起家，于四六文讲习甚精。今所传《四明文献集》制诰居十之七，《四库总目提要》称其“典雅温丽，有承平馆阁之遗”。惜其《深宁集》一百卷，久已散佚耳。

第四章

宋之诗

第一节　宋诗之总评

宋诗在中国文学史上，蔚然一大观也。且勿论上拟唐诗，孰优孰劣，即其规模唐人而变化生新，亦何可轻议？况五代以后，诗篇不复被于管弦，文人寄兴于词，多已尽其适性陶情或正或变之能事，而又能于诗自成壁垒，转移风气。其间诗人辈出，往往强自振拔，与新兴之词联镳方轨，此又岂可以幸致者？后来元、明诸朝虽号称“规复唐音”，而究之不能自异于古。刘克庄曰：“宋诗岂惟不愧于唐，盖过之矣。”明方孝孺诗云：“前宋文章配两周，盛时诗律亦无俦。今人未识昆仑派，却笑黄河是浊流。”清吴之振、吕留良同辑《宋诗钞》，之振作序，尤极言宋诗不腐，略曰：

> 自嘉、隆以还，言诗家尊唐而黜宋，宋人集覆瓿糊壁，弃之若不克尽，故今日搜购最难得。黜宋诗者曰

"腐"，此未见宋诗也。宋人之诗，变化于唐而出其所自得，皮毛落尽，精神独存。不知者或以为腐，后人无识，倦于讲求，喜其说之省事而地位高也，则群奉"腐"之一字，以废全宋之诗。故今之黜宋者，皆未见宋诗者也。中略。宋之去唐也近，而宋人之用力于唐也尤精以专。中略。曹学佺序宋诗，谓取材广而命意新，不剿袭前人一字，然则诗之不腐，未有如宋者矣！今之尊唐者，目未及唐诗之全，守嘉、隆间固陋之本，皆宋人已陈之刍狗，践其首脊，苏而爨之，久矣，顾复取而篋衍文绣之，陈陈相因，千喙一唱，乃所谓"腐"也。下略。

按宋荦《漫堂诗话》云："明自嘉、隆以后，称诗家皆讳言宋，至举以相訾警，故宋人诗集，庋阁不行。近二十年来乃专尚宋诗，至吾友吴孟举《宋诗钞》出，几于家有其书矣。"孟举，之振字也。盖宋诗当明、清之交由晦而显，吴氏之功为不细矣。

若其规规于唐诗、宋诗之辨别而抑宋尊唐者，则有如明李东阳《怀麓堂诗话》云："宋人于诗无所得。所谓法者，不过一字一句对偶雕琢之工，而天真兴致则未可与道。"陈子龙则曰："宋人不知诗而强作诗，其为诗也，言理而不言情，终宋之世无诗。"又如清王夫之云："宋人始争疆垒，欧阳永叔亟反杨亿、刘筠之靡丽，而矫枉已迫，还入于枉，遂使一代无诗，掇拾夸新，殆同觞令。"吴乔则曰："宋之最著者苏、黄，全失唐人一唱三叹之致，况陆放翁乎？"吴氏有《围炉诗话》及《答万季野诗问》，对于宋诗贬抑殆遍，至谓："宋人诗集甚多，不耐读而又不能不读，实为苦事。"又谓："唐人以诗为诗，宋人以文为诗。唐诗主于达性情，故于三百篇近；宋诗主于议论，故于三百篇远。"此皆偏崇唐诗者之诐词也。夫《诗经》三百，风、雅异轨，正、变殊途；《离骚》继作，体制既异，波澜益肆；汉魏六朝，代有变迁，其旨格殆未可以一端尽之。故赵宋之诗，自有其独具之面目，未可强同于唐人也。

清沈德潜曰："宋初台阁倡和，多宗义山，名'西昆体'。梅尧臣、苏子美起而矫之，尽翻窠臼，蹈厉发扬，才力体制非不高于前人，而渊涵渟滀之趣无复存矣。"又叶燮谓："自梅、苏变尽昆体，独创生新，必辞尽于言，言尽于意，发挥铺写，曲折层累以赴之，竭尽乃止。才人伎俩，腾踔六合之内，纵其所如，无不可者，然含蓄渟泓之意亦少衰矣。"观沈、叶两家之说，可知宋代梅、欧以后迄于所谓江西派之诗，信能于唐音之外别开生面，故《贞一斋诗话》谓："宋人惟无意学唐，故法疏而天趣间出。金、元人专意

梅尧臣
——从清道光九年（1829）长洲顾氏刊本《吴郡名贤图传赞》

学唐，故有法而气体反弱。”此宋诗之所以高出于后世，而未必逊于唐也。试观元诗称大家，必曰虞、杨、范、揭，以四子而视宋，特泰山之于卷石耳。叶燮更有精透之说，略曰：

从来论诗者，大约伸唐而绌宋，有谓“唐人以诗为诗，主性情，于三百篇为近；宋人以文为诗，主议论，于三百篇为远。”何言之谬也！唐人诗有议论者，杜甫是也。杜五言古议论尤多，长篇如《赴奉先县咏怀》《北征》及《八哀》等作，何首无议论？而独以议论归宋人，何欤？彼先不知何者是议论、何者为非议论，而妄分时代耶？且三百篇中，二雅为议论者正自不少。彼先不知三百篇，安能知后人之诗也？如言宋人以文为诗，则李白乐府、长短句何尝非文？杜甫前后《出塞》及《潼关吏》等篇，其中岂无似文之句？为此言者，不但未见宋诗，并未见唐诗。村学究道听耳食，窃一言以诧新奇，此等之论是也。

吴之振校刊《瀛奎律髓》，亦于序中抒其唐、宋不分畛域之见解，节录如次：

两间之气运，屡迁而益新，人之心灵意匠，亦日出而不匮。故文者，日变之道也。中略。诗者，文之一也。律诗起于贞观、永徽，逮乎祥兴、景炎，盖阅六百余年矣。其间为初盛、为中晚、为西昆、为元祐、为江西，最后而为江湖、为四灵、作者代生，各极其才而尽其变，于是诗之意境开展而不竭，诗之理趣发泄而无余，盖变而日新，人心与气运所必至之数也。其间或一人而数变，或一代而数变，或变之而上，或变之而下，则又视乎世运之盛衰与人材之高下，而诗亦为之升降于其间，此亦文章自然之运也。由是言之，时代虽有唐、宋之异，自诗观之，总一统绪相条贯，如四序之成岁功，虽寒暄殊致，要属一元之递嬗尔。而固者遂划为鸿沟，判作限断，或尊唐而黜宋，或宗宋而祧唐，此真方隅之见也。

夫就诗论诗，如吴氏之说，诚无俟分析唐、宋，评隲高下。惟两宋文学发展之途径，已不在诗而在词，不在因袭而在演变，然则上列诸说，宁非徒费词哉？若径谓终宋之世无诗，则又限于门户之见者矣！

第二节　宋初诗人

宋初诗人，声名较著者，略述数人如下，类皆因袭晚唐五代余风，不足以言转移风气也。

徐铉故南唐词臣，早知名于江左，入宋后以文章冠朝列。其文思敏速，凡其撰述，执笔立就。其诗流易有余而深警不足，然其学博才高，亦时有名隽之篇，如《临汉隐居诗话》所称《喜李少保卜邻》诗“井泉分地脉，砧杵共秋声”之句，亦未尝不具有思致云。

潘阆当宋初五代余风未沫，其诗间有粗犷余习，而大体风格孤峭，尚有晚唐作者之遗，一时若王禹偁、柳开、寇准、林逋诸人，皆与赠答。后来刘攽《中山诗话》称其《岁暮自桐庐归钱塘》诗不减刘长卿，苏轼、刘克庄皆尝称其佳句“或不在苏舜钦、石延年之下”。盖宋人绝重之也。

寇准以风节著于时，其诗含思凄婉，有晚唐之致，然骨韵特高，终非凡艳可比。陆游尝有诗称准云：“巴东诗句澶州策，信手拈来尽可惊。”盖虽勋名之高，犹未足以掩其诗也。

王禹偁词学敏赡，独步一时，出入词林。宋太宗雅重其文，不仅以诗著，而称述宋诗薄西昆派者，求其人于梅、苏之前，厥惟禹偁。故吴之振编《宋诗钞》，自禹偁《小畜集》始，称其独开有宋风气，于是欧阳修得以承流接响。修诗雄深过于禹偁，然禹偁固其滥觞矣。盖禹偁颇变诗体，惜未能转移风气，后得苏、梅、欧阳力矫杨、刘之敝，乃奏大功，禹偁实导其先河也。

林 逋

——从清道光十年（1830）刊本《古圣贤像传略》

林逋恬洁自好，宋初逸士也。其诗澄淡高远，如其为人，其《咏梅》诸什尤脍炙人口。北宋文士多以科第致通显，其逃名于当时而蜚声于后代者，逋为最。同时有魏野，然视逋有逊色矣。

魏野，亦处士也。身后之名不及林逋，而装点湖山，供后人题咏，则当时之世誉出于逋上。史称大中祥符初，辽使至宋，言本国得野集上册，愿求全部。《续湘山野录》载长安名姬添苏，得野一诗，至署于堂壁夸鬻于人。其倾动一时，可想见也。其诗尚仍五代旧格，未能及林逋之超诣，而胸次不俗，究无龌龊凡鄙之气，是亦不可废也。

宋初浮屠以诗名者九人，有《九僧集》，今有传本。九僧者，剑南希昼、金华保暹、南越文兆、天台行肇、汝州简长、青城维凤、江东宇昭、峨眉怀古、淮南惠崇。其间惠崇诗多警丽，殆西昆派之先导也。欧阳修《六一诗话》曰："国朝浮屠以诗名于世者九人，故时有集号'九僧诗'，今不复传矣！余少时闻人多称之，其一曰惠崇，余八人者忘其名字矣。余亦略记其诗，有云：'马放降来地，雕盘战后云。'又云：'春生桂岭外，人在海门西。'其佳句多类此。其集已亡，今人多不知有所谓九僧者矣！"按欧阳修之时代，去九僧不过数十年耳，而人已不知有所谓九僧者，岂其不甚为当世重视欤？

第三节　西昆派

西昆派今传有《西昆酬唱集》二卷，杨亿编，自为序曰：

余景德中忝佐修书之任，得接群公之游。时今紫微钱君希圣、秘阁刘君子仪，并负懿文，尤精雅道，雕章丽句，脍炙人口，予得以游其墙藩而咨其模楷。二君成人之美，不我遐弃，博约诱掖，置之同声。因以历览遗编，研味前作，挹其芳润，发于希慕，更迭唱和，互相切劘，而予以固陋之姿，参酬继之末，入兰游雾。虽获益以居多，观海学山，叹知量而中止。既恨其不至，又犯乎不韪，虽荣于讬骥，亦愧乎续貂。间然于兹，颜厚何已。凡五七言律诗二百四十七章，其属而和者计十有五人，析为二卷，取玉山、策府之名，命之曰“西昆酬唱集”云尔。

其与名酬唱者凡十八人，原阙其一，兹列举于次：

杨　亿　刘　筠　钱惟演　李宗谔　陈　越
李　维　刘　隲　丁　谓　刁　衎　张　咏
钱惟演　任　随　舒　雅　晁　迥　崔遵度
薛　映　刘　秉

观亿之自序，盖其诗体实钱惟演、刘筠诸人互相切劘而成，而田况《儒林公议》则称亿在两禁变文章之体，刘筠、钱惟演辈皆从而效之，时称“杨刘”。按杨亿幼擅文名，既入馆阁，遂主盟诗坛，陶铸士林，而时际升平，为文从容典赡，一以李义山为宗，颇能一扫晚唐五代衰飒之气。当时与于唱和之人，今可考而称者，亦惟杨亿与刘筠、钱惟演最著。刘筠作诗

钱惟演
——从清道光十年（1830）刊本《古圣贤像传略》

务故实，欧阳修尝称其咏《新蝉》云“风来玉宇乌先转，露下金茎鹤未知”，虽用故事，何害为佳句也？又称其“峭帆横渡官桥柳，叠鼓惊飞海岸鸥”不用故事，又岂不佳？钱惟演诗篇，今仅见于《西昆酬唱集》中，全集今无传本。大抵西昆派诸人之诗，皆尚纤巧、重对偶，学李义山而失之过，无复空灵之趣。后来欧阳修以优游坦夷之词，矫而变之，虽大变其体，然于昆体亦未尝一概抹煞，尝谓：“先朝杨、刘风采耸动天下，至今使人倾想。”盖工力精切，亦诗之一体，未可偏废。钱惟演留守西京时，欧阳修为推官，相处甚久，故不能无夙契也。

张咏《乖崖集》，今有传本。虽列名西昆派中，而其诗清逸有骨气，无雕琢之态，与杨、刘颇不类。

《西昆酬唱集》中，晏殊未与其列。殊在宋初号为能文，诗名亦著，其诗传者绝鲜。《古今诗话》则以殊与杨、刘、钱并举，谓其为诗“亦宗李义山”。

后世崇尚西昆体者，清常熟二冯为最。按二冯先生评阅《才调集》凡例，有一条云：

两先生教后学，皆喜用此书，非谓此外皆无可取也，盖从此而入则蹈矩循规，择言择行，纵有纨绔气习，然不过失之乎文。若径从江西派入，则不免草野倨侮，失之乎野，往往生硬拙俗，诘屈聱牙，遗笑天下后世而不可救。今学者多谓印板唐诗不可学，喜从宋、元入手。盖江西诗可以枵腹而为之，西昆则必要多读经史骚选，此非可以日月计也。况诗发乎情，不真则情伪，所以从外至者，虽眩目悦耳而比之刍狗衣冠从肺腑流出者，虽近里巷鄙俚而或有可取。然亦须善为之，钝吟有云：“图骤衺之形，极其神骏，若求伏辕，不免驾款段之驷；写西施之貌，极其美丽，若须荐枕，不如求里门之妪。万历间，王、李盛学盛唐、汉魏之诗，则求之声貌之间，所谓图骤衺、写西施者也；牧斋谓诗人如有悟解处，即看宋人亦好，所谓款段之驷、里门之妪也。遂谓里门之妪，甚于西施；款段之驷，胜于骤衺，岂其然乎？若今诗人专以俚言俗语为能事，是图款段之驷、写里门之妪矣，其能免于千古姗笑乎？”噫！此言真为好言宋诗者药石矣。

按二冯崇尚西昆体，故厌薄江西派，因厌薄江西派，遂并及全宋之诗而皆厌薄之，是亦一家之见。薛雪《一瓢诗话》亦云：“杨、钱、刘、晏诸公何罪于人？乃论诗者动辄鄙薄西昆，甚至为挦扯义山之剧，吾不解也！”按鄙薄西昆，殆一时风气使然，至演剧之举，在杨、刘当时，不过优人滑稽取笑而已，后人遂引为口实。党同则伐异，文人轻薄，固如是耶？清《四库总目提要》曰：

> 西昆酬唱。诗宗法唐李商隐，词取妍华而不乏兴象，效之者渐失本真，惟工组织，于是有优伶挦扯之戏，石介至作《怪说》以刺之，而祥符中遂下诏禁文体浮艳。然介之说，苏轼尝辨之。真宗之诏，缘于宣曲一诗有“取酒临邛”之句，陆游《渭南集》有西昆诗跋，言其始末甚详，初不缘文体发也。其后欧、梅继作，坡、谷迭起，而杨、刘之派遂不绝如线。要其取材博赡，炼词精整，非学有根柢，亦不能熔铸变化，自名一家，固亦未可轻诋。

常熟冯氏所谓“西昆派必要多读经史骚选”即与上说相通。盖取材富赡是其所长，所以未可轻诋者，正在此耳。

第四节　苏、梅、欧阳

欧阳修于诗矫西昆体之浮靡，而于当时诗人最心折苏舜钦、梅尧臣，其次则石延年。三人之殁，欧阳修皆为文以祭。苏之《沧浪集》、梅之《宛陵集》，欧阳修并为之序。其于石诗，亦于《六一诗话》内亟称之。

苏舜钦歌行雄放，轩昂不羁，如其为人，及蟠屈为近体，则极平夷妥帖。盖舜钦少登朝籍，坐事废居苏州，韬晦读书，一发其愤懑于歌诗，故其体豪放，往往惊人。

梅尧臣之诗，刘克庄称为宋诗“开山祖师”，有圣俞出，“然后桑濮之淫哇稍息，风雅之气脉复续”，非过论也。欧阳修序其集有曰：“时无贤愚，语诗者必求之圣俞。圣俞亦自以其不得志者，乐于诗而发之。”其诗之见重于当时有如此者。故张舜民评之曰：“圣俞诗如深山道人，草衣菌茹，土形木质，虽王公大人见之，不觉屈膝。”然陈振孙则谓：“圣俞为诗，古淡深远。中略。近世少有喜者，或加毁訾，惟陆务观重之，此可为知者道也。自世竞宗江西，已看不入眼，况晚唐卑格方锢之时乎？杜少陵犹有窃议妄论者，其于宛陵何有？”盖自黄庭坚张大欧、苏驰骋之风，衍为江西一派，去圣俞之深微闲淡日远，其看不入眼宜也。按欧阳修《六一诗话》载梅尧臣论诗语云：“诗家虽率意而造语亦难。若意新语工，得前人所未道者，斯为善也。必能状难写之景，如在目前；含不尽之意，见于言外。然后为至矣。”循是说也，则梅之所以取重于欧阳，其造诣所得，正亦从“难”字中来，岂幸致哉？

苏舜钦
——从清道光九年（1829）长洲顾氏刊本《吴郡名贤图传赞》

叶燮谓开宋诗一代之面目者，始于梅尧臣、苏舜钦二人，然二人诗格实不相同。《六一诗话》云："圣俞、子美齐名于一时，而二家诗体特异。子美笔力豪隽，以超迈横绝为奇；圣俞覃思精微，以深远闲淡为意。各极其长，虽善论者不能优劣也。余尝于《水谷夜行》诗略道其一二云：'子美气犹雄，万窍号一噫。有时肆颠狂，醉墨洒滂霈。譬如千里马，已发不可杀。盈前尽珠玑，一一难拣汰。梅翁事清切，石齿漱寒濑。作诗三十年，视我犹后辈。文词愈精新，心意虽老大。有如妖韶女，老自有馀态。近诗尤古硬，咀嚼苦难嘬。又如食橄榄，真味久愈在。苏豪以气轹，举世徒惊骇。梅穷独我知，古货今难卖。'语虽非工，谓粗得其彷佛，然不能优劣之也。"

石延年
——从清道光九年（1829）长洲顾氏刊本《吴郡名贤图传赞》

石延年自少以诗酒豪放自得，诗格奇峭，又工于书。欧阳修尝得南唐后主澄心堂纸，延年为书其《筹笔驿》诗，修藏为家宝，号称"三绝"。《筹笔驿》诗警句云"意中流水远，愁外旧山青"，朱熹亦称为极佳。又他诗如"乐意相关禽对语，生香不断树交花"，当时颇为伊洛中人所称。石介序其集，称其"与穆参军以古文自任"，而延年尤豪于诗，其诗诚如张舜民所谓“如饥鹰夜归、岩冰春坼，俊爽有余而不可寻绎”，足与苏舜钦抗手，宜欧阳修亦为之称赏不置也。

欧阳修在宋代文学界，有如韩愈之于唐，不仅诗之一端已也，然论宋诗者，莫不以矫昆体之功归于修。盖修以文学致通显，前之苏舜钦、梅尧臣赖以发挥光大，后之王安石、苏轼赖以奖诱称扬，故即以诗论，修实居于承先启后之地位。其诗以气格为主，豪迈敷腴，平易疏畅，视其文之偏于阴柔之美者，殆有过之。胡仔《苕溪渔隐丛话》称：“欧公作诗，盖欲自出胸臆，不肯摹袭前人。亦其才高，不见牵强之迹。”殆非溢誉。王安石选四家诗，以李白、杜甫、韩愈及欧阳修并列，且以修居最前，诚推之至矣！叶梦得《石林诗话》云：“欧公律诗意所到处，虽语有不伦亦不复问，而学之者往往遂失于快直，倾困倒廪，无复余地。然公诗如《崇徽公主手痕》诗：‘玉颜自昔为身累，肉食何人与国谋。’中略。抑扬曲折，婉靡雄胜，字字不失相对，虽昆体之工者亦未易此。”是又徒以平易视修诗者所当知也！

《邵氏闻见后录》云：“欧阳公喜韩退之文，皆成诵。刘原父戏以为韩文究，每戏曰：‘永叔于韩文，有公取，有窃取，窃取者无数，公取者粗可数。永叔《赠僧》云“韩子亦尝谓，收敛加冠巾”，乃退之送僧澄观“我欲收敛加冠巾”也；永叔《聚星堂燕集》云“退之尝有云，青蒿倚长松”，乃退之《醉留孟东野》“自惭青蒿倚长松”也，非公取乎？’”又陈善《扪虱新话》云：“韩退之与孟东野为诗友，近欧阳公复得梅圣俞，谓可比肩韩、孟，故公诗云：‘犹喜共量天下事，亦胜东野亦胜韩’也。盖尝目圣俞为诗老。”《邵氏闻见后录》亦称欧阳修自比韩退之，而以梅尧臣为孟郊，梅亦未必心服云。《扪虱新话》又曰：“欧阳公诗犹有国初唐人风气，公能变国朝文格，而不能变诗格，及荆公、苏、黄辈出，然后诗格极于高古。”欧阳于诗虽不能极于高古，然力矫昆体之失，其功要不可没。

与欧阳修并时而稍后者，有道学家之诗。邵雍居洛，安贫乐道，其诗出于白乐天，其失在浅俗少味。张载之诗颇偏于执拗，周敦颐则尚有逸趣。二程与王安石、苏轼同时，以诗而论，去王、苏远矣！大抵道学派之于文字，以说理为本，修辞为末，其俚质处，几于禅门之偈。欲绳以文学之定义，求其动人之美感，不可得也。

欧阳修门下，最以诗著名满天下者，人皆知为苏轼。视苏轼差前亦以诗鸣者，王安石是也。安石少以意气自许，故诗语惟其所向，不复更为含蓄，后于唐人诗博观而约取，晚年始尽深婉不迫之趣。其律句之精严者，造语用字间不容发，然意与言会，言随意远，浑然天成，殆不见有牵率排比处，叶梦得《石林诗话》称之如此。黄山谷亦尝谓：“荆公之诗，暮年方妙。”张舜民云：“王介甫诗如空中之音，相中之色，欲有执着而曾不可得。”清吴之振谓：“安石晚年遗情世外，其悲壮即寓于闲淡之中，独是议论过多，亦是一病。”王士祯则云：“衮公欧阳修。之后，学杜、韩者，王文公安石。为巨擘。七言长句，盖欧阳公后劲，苏、黄前茅，特其妙处微不逮数公耳！”至如吴乔《围炉诗话》述贺裳《载酒园诗话》之言曰：“宋人惟介甫诗能令人寻绎于语言之外，当其绝诣，实自可兴可观，特推为宋人第一。”贺氏尝病梅、欧之平淡为粗直，独推重安石如此，是亦另具只眼者也。

王令与王安石为僚婿，吴之振《宋诗钞》存其《广陵集》。《四库总目提要》称之曰：“令才思奇轶，所为诗磅礴奥衍，大率以韩愈为宗而出入于卢仝、李贺、孟郊之间。”王安石最称赏之，卒年仅二十有八。

第五节　苏轼及其门下士

苏轼诗各体皆工，七古尤擅长，惟五律差逊。清王士祯称其七言长句之妙，自子美、退之后，一人而已。欧阳修见苏轼，自谓“老夫当放此人出一头地”，盖非独文也，唯诗亦然。沈德潜亦曰：“苏诗长于七言，短于五言；工于比喻，拙于庄语。”又极赞之曰：

> 苏子瞻胸有洪炉，金银铅锡皆归熔铸，其笔之超旷，等于天马脱羁，飞仙游戏，穷极变幻而适如意中所欲出，韩文公后又开辟一境界也。元遗山云：“只知诗到黄苏尽，沧海横流却是谁。”嫌其有破坏唐体之意，然正不必以唐人律之。苏门诸君子清才林立，并入寰中，犹之邾、莒已。

赵翼《瓯北诗话》亦曰：

> 大概才思横溢，触处生春，胸中书卷繁富，又足以供其左旋右抽，无不如志。其尤不可及者，天生健笔一枝，爽如哀梨，快如并剪，有必达之隐，无难显之情。此所以继李、杜后为一大家也。

盖苏轼于诗、于文，两者殆占同等之地步，各具一种面目。从来论宋诗者，独于苏轼鲜有贬词焉，惟吴乔《围炉诗话》于宋诗备致苛评，其于苏轼亦病其“用作文之意，匠心纵笔而出之，去杜子美远矣”，又述贺裳之说曰：“子瞻诗美不胜言，病不胜摘。大率多俊迈而少渊淳，得瑰琦而失详慎，多粗豪滑稽草率，又多以文为诗，然其才古今独绝。”此亦如当时张舜民之评，譬轼诗如“武库初开，戈矛森然，观者不觉神悚，若一一寻之，不无利钝”。盖轼之文学天才独绝古今，又不仅诗之一端为然也。

苏　轼
——从清乾隆八年（1743）刊本《晚笑堂竹庄画传》

苏轼尝以诗文获谴，所谓“乌台诗案”是也。盖自王安石行新法，轼心不谓然，缘诗人之义，托事以讽，庶几言者无罪而闻者足戒也。而谗人见之，乃取其文字罗织锻炼，以成其罪。时轼方知湖州，遂逮赴御史台狱，诏李定、何大正等杂治之。其诗句中据为铁案者，如“赢得儿童语音好，一年强半在城中”指为讥青苗，“读书万卷不读律，致君尧舜终无术”指为刺课士，“东海若知明主意，应教斥卤变桑田”指为斥盐政，“岂是闻韶解忘味，迩来三月食无盐”指为非盐禁，“根到九泉无曲处，世间惟有蛰龙知”指谓有不臣之心，卒赖神宗曲赦，得免于死。甚哉！才士以诗句贾祸一至于此，是诚文学史上之悲剧也已。

轼晚年谪居惠州，和陶潜诗殆半，清人诗话或评之曰：“陶诗多微至语，东坡学陶多超脱语，天分不同也。”惟其天分不同，故亦面目各异。惟轼之和陶，正亦不在面目之表，按《和陶诗》引云：“嗟夫！渊明不肯为五斗粟一束带见乡里小人，而子瞻出仕三十余年，为狱吏所折困，终不能悛，以陷大难。乃欲以桑榆之末景，自托于渊明，其谁肯信之！虽然，子瞻之仕，其出入进退犹可考也，后之君子其必有以处之矣。孔子曰‘述而不作，信而好古，窃比于我老彭’，孟子曰‘曾子、子思同道’，区区之迹，盖未足以论士也。”此文旧题苏辙作，据《梁溪漫志》，轼尝有所改定。此亦可以见其和陶之趣矣！

苏辙诗篇亦富，其格调次于轼，然亦清逸可诵，具柳州淡泊之趣。时与兄倡和，殊未见其才竭也。当时张耒《赠李德》

诗有句云：“长公波涛万顷海，少公峭拔千寻麓。”二苏之异，亦犹之文耳，其在豪放与谨严乎！

苏门六君子中，黄庭坚、陈师道二人，吕居仁奉之为江西派之领袖，当于后节述之。

张耒，故苏辙门下士也，诗文传于世者颇多。其诗矩式白居易而见知于苏轼。轼尝并称秦观、张耒曰：“秦得吾工，张得吾易。”世谓工可致，易不可致，以耒为难云。又尝称之曰：“汪洋冲淡，有一唱三叹之音。”盖能于平易中见风格云。

秦观之诗，王安石尝称其清新婉丽，有似鲍、谢。盖观长于词，亦尝自言其文铢两不差，但以华丽为愧耳。吕本中《童蒙训》则称其过岭以后诗高古严重，自成一家，与旧作不同云。其雷州诗八首，后人误编轼集中，不能辨别。盖未可以其取法鲍、谢，即以靡曼之音小之也。

晁补之诸体诗俱风骨高骞，一往俊迈，并驾秦、张之间，未易次其先后。苏轼称之曰：“无咎雄健峻拔，笔力欲挽千钧。”盖于苏门诸子中，独以豪迈见长云。

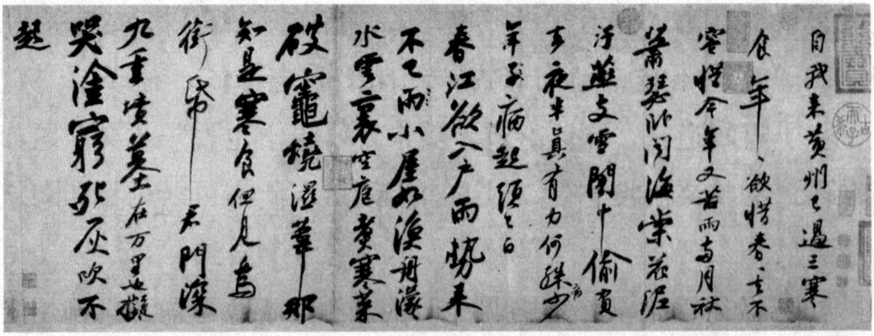

苏轼《黄州寒食帖》（局部）今藏台北故宫博物院

李廌诗见称于苏轼曰：“笔墨澜翻，有飞砂走石之势。”盖亦不羁之才。惜其诗湮没者多，清《四库》著录《济南集》八卷，殊未足考其诗格也。

“清江三孔”者，孔武仲、孔文仲、孔平仲，兄弟并有文名，苏轼亦尝与酬答。其诗武仲幽峭，文仲新奇，平仲则夭矫孤警，兼武、文二仲之长，吴之振《宋诗钞》均著录其诗云。

苏门有僧曰参寥子，名道潜，时与轼等倡和。其诗潇洒清远，惟乏含蓄。僧惠洪《冷斋夜话》、吴可《藏海诗诗话》谓其性褊，憎凡子如仇，盖亦傲僻寡合之流。当时诸诗僧皆不之及，虽惠洪亦未能与之抗手云。

惠洪撰有《冷斋夜话》，颇平章当代文士。其文俊伟胜于参寥，而诗则视之稍逊，说者谓其失在求名过急。《冷斋夜话》颇有假托标榜之处，然其诗虽边幅苦狭而清新有致，以词藻出入于苏、黄之间，诚亦诗僧之佼佼者。吴之振称之曰：“洪诗雄健振踔，为宋僧之冠。”盖其雄放处，或胜于参寥云。

第六节　黄庭坚

黄庭坚虽为苏门六君子之一，而独与苏轼齐名。吕本中述江西诗派，奉庭坚为鼻祖。此派诸人之诗，其不能无轩轾醇疵，姑置勿论，要亦可见庭坚在当时诗坛声势之伟大矣！罗大经《鹤林玉露》以黄诗与欧文并举，称为“江西诗文”，略云：

至于诗则山谷倡之，自为一家，并不蹈古人町畦。象山云：“豫章之诗，包含欲无外，搜抉欲无秘，体制通古今，思致极幽眇，贯穿驰骋，工夫精到。虽未极古之源委，而其植立不凡，斯亦宇宙之奇诡也。开辟以来，能自表见于世若此者，如优钵昙华，时一现耳。”杨东山尝谓余云：“丈夫自有冲天志，莫向如来行处行。”岂惟制行，作文亦然。如欧公之文、山谷之诗，皆所谓“不向如来行处行”者也。

黄诗源出杜甫，尤于甫之瑰奇绝俗处，具体而微，潘德舆《养一斋诗话》所谓“得老杜诗法之一节以名世”是也。是时苏轼以文章彪炳一世，庭坚出其门下，其格调之得于轼者，亦颇有迹象可寻。惟金人王若虚《滹南诗话》颇多扬苏抑黄之论，并有诗云：“骏马由来不可追，汗流余子费奔驰。谁言直待南迁后，始是江西不幸时。”又云：“戏论谁知是至公，蝤蛑信美恐生风。夺胎换骨何多样，都在先生一笑中。”前诗意谓黄已不可追苏，固不必俟江西派之

黄庭坚
——从清道光十年（1830）刊本《古圣贤像传略》

末流乃见绌也。《滹南诗话》云："鲁直欲为东坡之迈往而不能，于是高谈句律，旁出样度，务以自立而相抗，然不免居其下也。中略。世以坡公之过海为鲁直不幸，由明者观之，其不幸也旧矣。"此可谓前诗之注脚。后诗则以苏轼尝谓鲁直诗"如蝤蛑江瑶柱，格韵高绝，盘飧尽废，然不可多食，多食则发风动气"。又庭坚尝有"夺胎换骨""点铁成金"之喻，非苏所屑道也，其贬抑庭坚甚力。其实苏、黄并以诗名，最能互相敬重，黄答苏诗有云："我诗如曹郐，浅陋不成邦。公如大国楚，吞五湖三江。"苏亦称黄曰："读鲁直诗，如见鲁仲连、李太白，不敢复论鄙事。虽若不入用，亦不无补于世也。"苏诗以豪荡纵横极其驰骋之大观，黄诗亦往往有不可控抑之处。若夫劲直沉着，则其所以表异于苏者，而其太过处则失之生疏。魏泰尝有句评黄诗云："当其得玑羽，往往失鹏鲸。"盖讥其工于细而疏于大也。王若虚又谓："鲁直开口论句法，便是不及古人处。"此皆巧诋苛绳之论。今按黄集诗篇，其气象万千足与苏轼抗手者，不一而足。杜甫尝谓"佳句法如何"，"为人性僻耽佳句"，则斤斤于句法亦未足为庭坚病也。

宋张戒《岁寒堂诗话》载戒与吕本中论黄诗之语，略谓：

> 往在桐庐见吕舍人居仁，余问："鲁直得子美之髓乎？"居仁曰："然。""其佳处焉在？"居仁曰："禅家所谓死蛇弄得活。"余曰："活则活矣，如子美'不见旻公三十年，封书寄与泪潺湲。旧来好事今能否，老去新诗谁与传？'此等句，鲁直少日能之。'方丈涉海

费时节，元圃寻河知有无。桃源人家易制度，橘州田土仍膏腴’此等句，鲁直晚年能之。至于子美‘客从南溟来’、‘朝行青泥上，’《壮游》《北征》，鲁直能之乎？如‘莫自使眼枯，收汝泪纵横。眼枯即见骨，天地终无情。’此等句，鲁直能到乎？”居仁沉吟久之曰：“子美诗有可学者，有不可学者。”余曰：“然则未可谓之得髓矣。”

按此段问答，如本中之说，可代表当时之崇奉黄诗者；如戒之说，则对于黄诗亦有相对之信仰，而庭坚之诗能得杜甫之一节，亦可于戒说见之矣。清王士祯云：“苏文忠公凌踔千古，独心折山谷之诗，数效其体。前人之虚怀如此，后世腐儒乃谓山谷与东坡争名，何其陋耶！山谷虽脱胎于杜，顾其天姿之高、笔力之雄，自辟庭户，宋人作《江西宗派图》极尊之，配食子美，要亦非山谷意也。”又云：“从来学杜者，无如山谷。山谷语必己出，不屑稗贩杜语，后山、简斋之属都未梦见。”又谓：“朱少章诗话云：‘黄鲁直独用昆体工夫，而造老杜浑成之地，禅家所谓更高一着也。’此语入微，可与知者道，难为俗人言。”士祯之推尊黄诗，有如此者。姚鼐亦谓：“山谷刻意少陵，虽不能到，然其傲兀磊落之气，足与古今作俗诗者澡濯胸胃，导启性灵。”是故北宋诗坛苏、黄并称，岂无故哉！后来江西诗人奉为诗派初祖，诚以宋人对于一切学术好以地域分门户，而黄庭坚在苏门，既以诗见重于苏轼，又承苏轼之风，对于后进动辄奖诱，故其余风流韵之深入人心者，视苏轼反差胜焉，况其诗格又未必逊于苏，则领袖诗坛又何愧乎哉！

第七节 江西派

吕本中所作《江西宗派图》，自庭坚以降，计列陈师道、潘大临、谢逸、洪朋、洪刍、饶节、僧祖可、徐俯、林敏修、洪炎、汪革、李錞、韩驹、李彭、晁冲之、江端本、杨符、谢薖、夏倪、林敏功、潘大观、王直方、僧善权、高荷，合二十五人。《苕溪渔隐丛话》有何颙而无高荷，其中如陈师道、韩驹、潘大临、夏倪、二林、晁冲之、江端本、李彭、善权、高荷皆非江西人，故“江西诗派”云者，非以江西人为限也。其疏漏处，更有如刘克庄、张泰来所议者焉，刘克庄《江西诗派小序》有云：

> 同时如曾文清几。乃赣人，又与紫微公本中。以诗往还而不入派，不知紫微去取之意云何。

张泰来《江西诗社宗派图录》云：

> 考绍兴初，晁仲石尝与范顾言、曾裘父同学诗于居仁，后湖居士苏养直歌诗清腴，盖江西之派别。坡公谓秦少章句法本黄子，夏均父亦称张彦实诗出江西诸人。范元

实曾从山谷学诗，山谷又有赠晁无咎诗："执持荆山玉，要我雕琢之。"彼数子者，宗派既同，而不得与后山之列何也？

《江西宗派图》所列诸人，庭坚以下，陈师道最著。师道亦苏门六君子之一也。其诗古调出入郊、岛之间，五言律诗较他体尤胜，往往规模杜甫之沉郁而失之僻涩，盖大体以杜甫为归。虽才力不逮苏、黄，而运思苦吟，决非浅尝者流所可同日语也。黄庭坚尝有诗曰："闭门觅句陈无己，对客挥毫秦少游。"此二人才思迟速之异也。叶梦得曰："世言陈师道每登览得句，即急归卧一榻，以被蒙首，谓之'吟榻'。家人知，即猫犬逐去，婴儿稚子亦皆抱寄邻家。"此形容其闭门觅句，良堪一噱。谈江西诗派，咸以师道与庭坚并举，或谓师道过于黄焉。此盖偏嗜之说，不可为训也。

陈师道
——从清道光十年（1830）刊本《古圣贤像传略》

宋人称扬陈师道者，如任渊所谓"读后山诗，似参曹洞禅，不犯正位，忌死语，非冥搜旁引，莫穷其用意深处"，又如刘克庄云："后山树立甚高，其议论不以一字假借人，然自言其诗师豫章公。或曰：‘黄、陈齐名，何师之有？’余曰：‘射较一镞，弈角一着，惟诗亦然。后山地位去豫章不远，故能师之，若秦、晁诸人则不能为此言矣。’此惟深于诗者知之。”

师道为诗规模杜甫，在江西派中良堪继武庭坚，非他人所可几及。惟明王世贞《艺苑卮言》曾力诋其学杜之失，至譬之为“点金成铁”，略谓：“少陵有句云‘昨夜月同行’，陈无己则云‘勤勤有月与同归’；少陵云‘暗飞萤自照’，陈则曰‘飞萤元失照’；少陵云‘文章千古事’，陈则曰‘文章平日事’；少陵云‘乾坤一腐儒’，陈则云‘乾坤着腐儒’；少陵云‘寒花只自香’，陈则云‘寒花只白香’，一览可见。”

吕本中之诗，敖陶孙尝称其“如散圣安禅，自能奇逸”，其《诗派图》奉黄庭坚为初祖，且称黄诗得杜甫之髓。而曾季狸《艇斋诗话》则称其喜令人读东坡诗。本中论诗之说及其诗之佳句，见于《艇斋诗话》者甚多，如谓其论诗尝引《孙子》“始如处女终如脱兔”之论，甚有禅味。此其所以自能奇逸欤！其所作《宗派图》，《艇斋诗话》亦谓：“尝见东莱，自言少时率意而作，不知流传人间，甚悔其作也！”盖其间本无诠次。若有诠次，则不应如此紊乱。且如四洪兄弟皆得山谷句法，而龟父不预焉，是亦疏之甚矣！陆游《渭南文集》有吕居仁集序一首，于其诗推崇甚至，节录于下：

> 宋兴，诸儒相望有出汉、唐之上者，迨建炎、绍兴间，承丧乱之余，学术文辞犹不愧前辈，如故紫微舍人东

莱吕公者，又其杰出者也。公自少时既承家学，心体而身履之几三十年，仕愈踬，学愈进。因以其暇尽交天下名士，其讲习探讨，磨砻浸灌，不极其源不止。故其诗文汪洋闳肆，兼备众体，间出新意，愈奇而愈浑厚，震耀耳目而不失高古，一时学士宗焉。晚节稍用于时，在西掖尝兼直内庭，草赵丞相鼎制，力排和戎之议，忤秦丞相桧。秦公自草日历，载公制辞以为罪，而天下益推公之正。公平生所为诗既已孤行于世，嗣孙祖平又尽裒他文凡若干首为若干卷，而属某为序。某自童子时读公诗文，愿学焉。稍长未能远游，而公捐馆舍。晚见曾文清公，文清谓某乃君之诗渊源殆自吕紫微，恨不一识面，某于是尤以为恨，则今得托名公集之首，岂非幸欤！

南渡前后，诗人源出黄庭坚，而吕本中《宗派图》未列入者，尚有陈与义、曾幾二人。与义视本中差前，视元祐诸人稍晚，靖康以后，巍然独存。其诗源出豫章，而天分绝高，工于变化，风格遒上，思力沉挚，能卓然自辟蹊径。尝自言：“诗至老杜极矣，苏、黄复振之，而正统不坠、东坡赋才大，故解纵绳墨之外，而用之不穷。山谷措意深，故游泳玩味之余，而索之益远。要必识苏、黄之所不为，然后可以涉老杜之涯矣。”可谓善于剖析苏、黄之同异者矣。方回选《瀛奎律髓》，以杜甫为一祖，黄庭坚、陈师道及与义为三宗，是固一家门户之论。然就江西派言之，与义视师道殆亦未多让焉，刘克庄云：“元祐后诗人迭起，不出苏、黄二体。及简斋始以老杜为师，建炎间避地湖峤，行万里路，诗益奇壮。造次不忘忧爱，以简洁扫繁缛，以雄浑代尖巧。第其品格，当在诸家之上。”得评如此，岂偶然哉？

曾残工诗，陆游尝师事之。游称其诗以杜甫、黄庭坚为宗，魏庆之《诗人玉屑》则称其诗出于韩驹，驹固江西派中人也。《诗人玉屑》又载赵庚夫题几集曰：“清于月出初三夜，淡似汤烹第一泉。咄咄逼人门弟子，剑南已见一灯传。”几诗盖以清淡见长。欲知南宋四大家与江西派嬗变之迹，殆未可置幾而不论也！

第八节　南渡后四大家——陆、尤、范、杨

南渡后诗人称大家者，尤、杨、范、陆，而陆游为之弁冕。刘克庄称陆游学力似杜甫，又谓：“放翁记问足以贯通，力量足以驱使，才思足以发越，气魄足以陵暴。南渡而下，故当为一大宗。”当游之时，则周必大对宋孝宗之问，比之于李白。又朱熹与徐赓载书中论及陆游，亦曰：“放翁诗读之爽然，近代惟此人为有诗人风致。今诸家诗具在，可与游匹者谁也？”盖游之生平，有与杜甫类者。少历兵间，晚栖农亩，中间浮沉中外，在蜀之日颇多。其感激悲愤、忠君爱国之诚，一寓于诗。酒酣耳热，跌荡淋漓，至于渔舟樵径、茶碗炉熏、或雨或晴、一草一木，莫不著为歌咏，以寓其意。此与甫之诗，何以异哉？诗至万首，瑕瑜互见，评者谓：“譬之深山大泽，

陆　游
——从清道光十年（1830）刊本《古圣贤像传略》

包含者多，不暇剪除荡涤，非如守半亩之宫，一木一石，可屈指计数。”信然也。

游尝言：“诗欲工，而工亦非诗之极。锻炼之久，乃失本指；斫削之甚，反伤正气。”故有《文章》一首云：

> 文章本天成，妙手偶得之。粹然无疵瑕，岂复须人为。君看古彝器，巧拙两无施。汉最近先秦，固已殊淳漓。胡部何为者？豪竹杂哀丝。后夔不复作，千载谁与期！

似此深识妙解，良非浅人所可领悟。明李东阳讥宋人于诗，但一字一句对偶雕琢之工，而天真兴致未可与道，殆有所蔽欤。宋代其他诗人或有此失，要不可论于陆游。惟游之才情繁富，触手成吟，则其间利钝互陈，亦所不免。《四库总目提要》云：

> 游诗法传自曾幾，而所作吕居仁集序又称源出居仁，二人皆江西派也。然游诗清新刻露而出以圆润，实能自辟一宗，不袭黄、陈之旧格。刘克庄号为工诗，而《后村诗

话》载游诗，仅摘其对偶之工，已为皮相。后人选其诗者，又略其感激豪宕、沉郁深婉之作，惟取其流连光景、可以剽窃移掇者，转相贩鬻。放翁诗派遂为论者口实。中略。然其托兴深微、遣词雅隽者，全集之内指不胜屈，安可以选者之误，并集矢于作者哉？

清刘熙载评游诗云：“放翁诗明白如话，然浅中有深，平中有奇，故足令人咀味。”盖剑南诗派自有其真，非浅学者所可藉口也。

尤袤诗，全集已佚。今传《梁溪遗稿》一卷，清尤侗所裒集，百存其一而已。元方回作袤诗跋云：“中兴以来，言诗者必曰尤、杨、范、陆。诚斋时出奇峭，放翁善为悲壮，公与石湖冠冕佩玉，端庄婉雅。”则袤在当时，本与三人并驾齐驱，《四库总目提要》云：“今三家之集皆有完本，而袤集独湮没不存，盖文章传不传，亦有幸不幸焉。然即今所存诸诗观之，残章断简，尚足与三家抗行。”

范成大
——从清道光九年（1829）长洲顾氏刊本《吴郡名贤图传赞》

范成大以敷文阁待制帅蜀，自桂林入成都，有《四征小集》。陆游为之序，称其："素以诗名一代，故落纸墨未及燥，士女万人已更传诵，被之乐府弦歌，或题写素屏团扇，更相赠遗。"盖成大诗名与宦绩皆取重于时，两相得而益彰也。至杨万里序《石湖全集》则曰："公以文学材气受知寿皇，自致大用。中略。至于大篇决流，短章敛芒，缛而不酿，缩而不窘。清新妩丽，奄有鲍、谢；奔逸隽伟，穷追太白。求其只字之陈陈，一倡之呜呜，而不可得也。今四海之内，诗人不过三四，而公皆过之无不及者。予于诗岂敢以千里畏人者，而于公独敛衽焉！"按万里与成大，同年进士也，成大先登庸而万里晚达。万里为成大遗集作序时，尚自称"野客"，故其称颂成大或不能无溢誉也。《四库总目提要》于《石湖诗集》系以评曰：

> 今以杨、陆二集相较，其才调之健不及万里，而亦无万里之粗豪；气象之阔不及游，而亦无游之窠臼。初年吟咏，实沿溯中唐以下。中略。自官新安掾以后，骨力乃以渐而遒。盖追溯苏、黄遗法，而约以婉峭，自为一家，伯仲于杨、陆之间，固亦宜也。

按成大虽毕生宦达，而集中田园杂兴诸作，颇能追挹储、韦疏旷之风。盖状物写景，是所长也。

杨万里立朝多大节，然其生平乃特以诗擅名。方回称其一官一集，每集必变一格。虽沿江西诗派之末流，不免有颓唐粗俚之处，而才思健拔，包孕富有，自为南宋一作手，非后来四灵、江湖诸派可得而并称。周必大尝跋其诗曰："诚斋大篇短章，七步而成，一字不改，皆扫千军、倒三峡、穿天心、出月胁之语。至于状物恣态，写人情意，则铺叙纤悉，曲尽其妙，笔端有口，句中有眼。”万里亦尝自序其诗体之变化云：

> 始学江西诸君子，又学后山五字律，既又学半山老人七字绝句，晚乃学绝句于唐人。中略。后官荆溪，忽若有悟，于是辞谢唐人及王、陈、江西诸君子，皆不敢学，而后欣然自得，时目为“诚斋体”。

南宋诗集传于今者，惟万里及游最富。游晚年为韩侂胄作《南园记》，得除从官。万里寄诗规之，有“不应李杜翻鲸海，更羡夔龙集凤池”句，故《四库总目提要》曰：“以诗品论，万里不及游之锻炼工细；以人品论，则万里倜乎远矣！”陆、杨二家长短，可即此数语判之。

第九节　南渡后别派诗人——朱熹、姜夔等

朱熹，宋代理学家后劲也，其诗殊未可与邵雍诸人摹拟禅家偈语者等量齐观。盖其雅正明洁，可于陆游以外自树一帜。明李东阳《怀麓堂诗话》云：“晦翁深于古诗，其效汉魏，至字字句句、平侧高下亦相依仿。命意托兴，盖以经史事理播之吟咏，岂可以后世诗家者流例论哉？”然熹之于诗，尝自有说曰：

朱　熹

——从明万历三十七年（1609）原刊本《三才图会》

仆不能诗，平生侥幸多类此。然虽不役志于诗，而中和条贯，浑涵万有，无事模镌，自然声振，非浅学之士所能窥。此和顺之英华，天纵之余事也。

盖朱熹为学，源本于经，故其论诗也，亦以三百篇为极则。魏庆之《诗人玉屑》记其尝欲抄取经史诸书所载韵语，及《文选》汉魏古词，以尽乎郭景纯、陶渊明之所作，自为一编，附于三百篇、《楚辞》之后，以为诗之根本准则。又于其下二等之中择其近于古者，各为一编，以为之羽翼、舆卫。其不合者则悉去之，不使其接于耳目而入于胸次，要使方寸之中，无一字世俗言语意思，则其诗不期于高远而自高远矣。此其为说也，良亦倜乎远矣！

姜夔者，南宋一大词家也，然亦以诗与范成大、杨万里诸人相倡和。其诗亦简秀澹远，有《诗说》一卷，论作诗务以高妙为主。其诗稿自序云："尤延之先生为予言近世人士，喜言江西，温润有如范至能者乎？痛快有如杨廷秀者乎？高古如萧东甫、俊逸如陆务观，是皆自出机杼，亶有可观者，又奚以江西为？"是夔在当时，颇与诸大诗人相接纳。杨万里尝有绝句一首云："尤、萧、范、陆四诗翁，此后谁留第一功？新拜南湖为上将，更牵白石作先锋。"是夔之诗，亦万里所推重者也。夔自序又尝有说曰：

> 作诗求与古人合，不如求与古人异。求与古人异，不如不求与古人合而不能不合，不求与古人异而不能不异。

盖其论诗以精思独造为宗，故其诗亦运思精密，风格高秀，足以傲睨并世诸家。夔亦深于诗者，第为词名所掩耳。

尤袤语姜夔所云萧东甫，即杨万里以与尤、范、陆并举为"四诗翁"之萧千岩，又即罗大经《鹤林玉露》所称姜夔师事之萧軿。万里尝序《千岩摘稿》曰："余尝论近世之诗人，若范石湖之清新、尤梁溪之平淡、陆放翁之敷腴、萧千岩之工致，皆予所畏者。"是萧东甫亦名重一时之诗人，惜其诗不传于后耳。杨万里所云"南湖"，即张镃。著有《南湖集》，亦同时能诗者也。

姜　夔
——从清道光十年（1830）刊本《古圣贤像传略》

是时永嘉学派诸子亦皆能诗。陈傅良号称学杜，与陈师道、陈与义相出入。叶适为晚唐体，已导四灵诗体之先河，徐照等尝师事适。《林下偶谈》云："水心诗早已精严，晚尤高远。古调好为七言八句，语不多而味甚长，其间与少陵争衡者非一，而义理尤过之。"此则未免溢誉矣。薛季宣为学精于考证，不甚专心词翰，然于诗亦颇工七言，极踔厉纵横之致。陈亮才气雄毅，有志事功，后世鲜有论其诗者。

第十节　永嘉四灵与严羽

"永嘉四灵"者，徐照字灵晖、徐玑号灵渊、翁卷号灵舒、赵师秀号灵秀，皆永嘉人而能诗者也。

徐照为四灵之首。叶适作照墓志，称"其诗数百，琢思尤奇，皆横绝欻起，冰悬雪跨，使读者变掉憀栗，肯首吟叹，不能自已。然无异语，皆人所知也，人不能道耳"，所以推奖之者甚至。然适又尝谓："进乎古人而不已，何必四灵？"盖照诗以清隽擅长，即亦不能无卑靡之病，当风会之升降，势有不得不然也。《四库总目提要》云：

> 四灵之诗，虽镂心鉥肾，刻意雕琢，而取径太狭，终不免破碎尖酸之病。照在诸家中，尤为清瘦。

徐玑诗刻意雕琢，颇近武功一派。尝与徐照等论诗曰："昔人以浮声切响、单字只句计巧拙，盖风骚之至精也。近世乃连篇累牍，汗漫而无禁，岂能名家哉？”此可见其所从致力之端倪矣。

翁卷之诗，叶适称为自吐性情，靡所依傍。刘克庄尝赠以诗曰：“非止擅唐风，尤于选体工。有时千载事，只在一联中。”徐玑亦有诗称之曰：“五字极难精，知君合有名。磨砻双鬓改，收拾一篇新。”

赵师秀名居四灵之末，而诗为四灵之最。学晚唐而深有得于武功一派，专以炼句为工，而句法又以炼字为要。尝自言：“一篇幸止有四十字，更增一字，吾末如之何矣！”按《梅涧诗话》，杜小山问句法于师秀，答曰：“但能饱吃梅花数斗，胸次玲珑，自能作诗。”故其诗主于野瘦清逸，足以矫江西派粗犷之失。特其全事摹拟，不无琐碎之憾，此又四灵之通病也。宋陈世崇《随隐漫录》记曹东亩言曰：“四灵诗如啖玉腴，虽爽不饱；江西诗如百宝头羹，充口适腹。”又《寒厅诗话》谓：“四灵以清苦为诗，一洗黄、陈之恶气象、狰狞面，然间架太狭，学问太浅，更不如黄、陈也。”是皆比较持平之论。

严羽《沧浪诗话》之论诗也，超离尘俗，真若自有所得，而其所自作却少超拔警策之处。明李东阳尝谓：“识得十分，只做得八九分。其一二分乃拘于才力，其沧浪之谓乎！”《四库总目提要》云：

> 羽。所自为诗，独任性灵，扫除美刺，清音独远，切响遂稀。中略。志在天宝以前，而格实不能超大历之上。

由其持“诗有别才，不关于学；诗有别趣，不关于理”之说，故止能摹王、孟之余响，不能追李、杜之巨观也。

此较李东阳之说，殆能道其所以然矣。

第十一节　江湖派与遗民诗

宋理宗宝庆初，钱塘书肆陈起能诗，凡江湖诗人俱与之善，刊《江湖集》以售。清《四库》著录《江湖小集》九十五卷，所录凡六十二家；《江湖后集》二十四卷，增录四十七家。当时所刊诸家诗，大抵皆同时之人，随得随刊，殊无义例。惟宋季诗人姓名、篇什湮没不彰者，赖此传见于今，今之谈艺者亦可窥见所谓江湖派之面目耳。

按周密《齐东野语》云：“宝庆间，李知孝为言官，与曾极景建有隙，每欲寻衅以报之。适极有春诗云：‘九十日春晴日少，一千年事乱时多。’刊之《江湖集》中。因复改刘子翚《汴京纪事》一联云：‘秋雨梧桐皇子宅，春风杨柳相公桥。’以为指巴陵及史丞相。及刘潜夫《黄巢战场》诗云：‘未必朱三能跋扈，都缘郑五欠经纶。’遂皆指为谤讪，押归听读。同时被累者，如敖陶孙、周文璞、赵师秀及刊诗陈起，皆不免焉。”方回《瀛奎律髓》亦记此事，且谓刘克庄、敖陶孙皆缘此坐罪，陈起坐流配，劈《江湖集》版，并诏禁士大夫作诗。时当国者，史弥远也。迨弥远死，诗禁乃解。

“江湖派”云者，是时江湖游士，每好为吟咏，庸音杂体，不胜其敝。盖宋诗之衰，同于国运矣。其间惟刘克庄、戴复古、方岳尚可称。

刘克庄诗派近杨万里。大抵词病质俚，意伤浅露，然其清新独到之处，亦未可尽废。初年颇乐四灵刻琢之习，后乃自有所得。称其诗者，至谓：“涉历老练，布置阔远，融合众作，自为一宗。”盖在江湖派中，诚亦复乎不可尚已。

戴复古尝从学于陆游，以诗鸣江湖间凡五十年，尝自云：“诗不可计迟速，每得一句，或经年而成。”盖亦苦吟求工，不能无四灵余习者。然清健轻快，无斧凿痕，精思研刻，实能自辟町畦也。

方岳诗文、四六皆见重于时，吴之振《宋诗钞》称之曰：“诗主清新，工于镂琢，故刻意入妙则逸韵横流，其光怪足宝矣。”其在江湖派中，殆亦翛然俗外者也。

宋诗沦为江湖一派，已多五季衰飒之风。及端宗播迁，蒙元入主中国，诗人感宗社之化为丘墟，率以凄厉之调，写其悲愤之怀，殆所谓“亡国之音哀以思”矣。其间屈指可数者，如文天祥、谢翱、谢枋

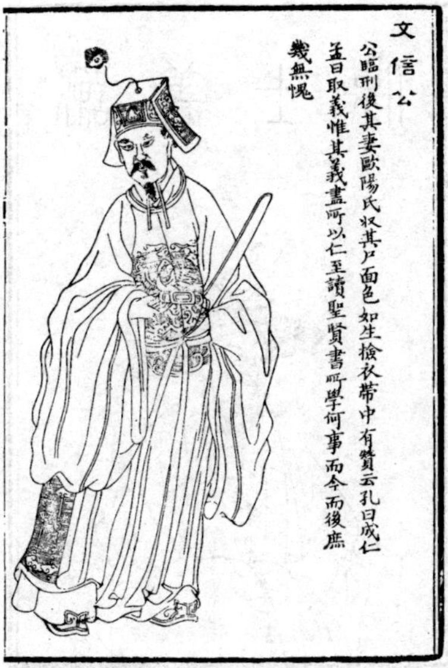

文天祥
——从清乾隆八年（1743）刊本《晚笑堂竹庄画传》

得、刘辰翁、薛嵎、汪元量、林景熙、真山民。

文天祥诗格似少陵，具沉郁悲壮之概。读其诗，可以想见其人。《四库总目提要》引长谷真逸《农田余话》曰：“宋南渡后，文体破碎，诗体卑弱。惟范石湖、陆放翁为平正，至晦庵诸子始欲一变时习，模仿古作，故有神头鬼面之论。时人渐染既久，莫之或改。及文天祥留意杜诗，所作顿去当时之凡陋，观《指南前、后录》可见。不独忠义贯于一时，亦斯文间气之发见也。”

谢翱以布衣为文丞相谘议参军，天祥卒，亡匿，所至辄感哭，故为诗颇有奇气。每语人曰：“用志不分，鬼神将避之。”亦云刻苦矣。《宋诗钞》称其“古诗颇颉颃昌谷，近体则卓炼沉着，非长吉所及也”。

谢　翱

——从清道光十年（1830）刊本《古圣贤像传略》

谢枋得诗淡而远，清寒入骨，《武夷山中》一首云：“十年无梦得还家，独立青峰野水涯。天地寂寥山雨歇，几生修得到梅花。”可谓天地间妙文。

刘辰翁当贾似道柄国时，文章颇见重于世，《四库总目提要》称其“论诗评文，往往意取尖新，太伤佻巧。其所批点，如《杜甫集》《世说新语》及《班马异同》诸书，今尚有传本，大率破碎纤仄，无裨来学。即其所作诗文，亦专以奇怪磊落为宗，务在艰涩其词，甚或至于不可句读，尤不免轶于绳墨之外。特其蹊径本自蒙庄，故惝恍迷离，亦间有意趣，不尽堕牛鬼蛇神。且其于宗邦沦覆之后，眷怀麦秀，寄托遥深，忠爱之忱往往形诸笔墨，其志亦多有可取者，固不必概以体格绳之矣”。

薛嵎，永嘉人，其诗亦不外四灵余习。有《云泉诗》一卷，《四库总目提要》谓：“嵎之所作，皆出入四灵之间，不免局于门户。然尚永嘉之初派，非永嘉之末派。”

汪元量尝随三宫入燕，久之，为黄冠南归，往来匡庐、彭蠡间。其亡国之戚、去国之苦，间关愁叹之状。备见于诗。微而显，隐而彰，哀而不怨，欷歔而悲，甚于痛哭。时人称为“诗史”，比之杜少陵云。

林景熙诗多凄怨，其神妙不减刘长卿。《宋诗钞》云：“大概凄怆故旧之作，与谢翱相表里。翱诗奇崛，熙诗幽婉。”

真山民始末不可考，宋末窜迹隐沦，以所至好题咏，因传于世。或自呼“山民”，因以称之。《四库总目提要》论其诗曰：“黍离、麦秀，抱痛至深而无一语怼及新朝，则非惟其节至高，其安命知天，识量亦不可及。中略。诗格出于晚唐，长短皆复相似。中略。一丘一壑，足资延赏，要亦宋末之翘楚也。”

第五章

宋之词

第一节　词之由来

词起于中唐，大流行于晚唐五代，至宋而极盛。毛晋《宋六十一名家词》序有云：

> 夫词至宋人而词始霸，曼衍繁昌。中略。各体始大备。其人韶令秀世，其词复鲜艳殢人。有新脱而无因陈，有圆倩而无沾滞，有纤丽而无冗长，有峭拔而无钩棘。一时以之赓和名家而鼓吹中原，肩摩于世云。

盖词之独盛于宋，犹诗之大昌于唐。近人胡适论词之历史有三大时期，而以自晚唐至元初为词之自然演变时期，故词之极盛于两宋实文学演变之自然过程，即其君主之提倡、乐工之需求、文士之竞尚。莫非随自然之支配，各为文学演变之一种原因而已。

自唐以迄宋初，词家作品皆为小令。旧说五十八字以内为小令，五十九字至九十字为中调，九十一字以上为长调。其实唐人长短句皆名小令，每一小令可演为中调或长调，不必因字数而强为区分也。演小令为中调、长调，而系之以“近”“犯”“慢”“引”，则宋词体制上之进化，显然与晚唐五代不同者也。如《浪淘沙》乃五代小令，每阕五十八字，而宋有《浪淘沙慢》，至一百三十三字。此外《江城子》则有《江城子慢》《浣溪沙》则有《浣溪沙慢》《卜算子》则有《卜算子慢》《西江月》则有《西江月慢》，皆以每阕字数之加多，见其体制上之演进，而慢词与小令遂为词体之分疆矣。

宋初晏氏父子师法南唐，尚无慢词。创慢词者，柳永也。《乐府余论》云：

> （慢词）盖起于宋仁宗朝，中原兵息，汴京繁庶，歌台舞席竞赌新声。永以失意无俚，流连坊曲，遂尽取俚俗语言编入词中，以便使人传习，一时动听，散播四方。其后苏轼、秦观、黄庭坚等相继有作，慢词遂盛。

北宋文学史上之柳永，盖未可蔑视，后当详论。

又按宋王灼著《碧鸡漫志》，详述曲调源流。前七条为总论，述古初至唐、宋声歌递变之由；次列凉州、伊州、霓裳羽衣曲、甘州、胡渭州、六幺、西河长命女、杨柳枝、喝驮子、兰陵王、虞美人、安公子、水调歌、万岁乐、夜半乐、何满子、凌波神、荔枝香、阿滥堆、念奴娇、清平乐、雨淋铃、菩萨蛮、望江南、麦秀两岐、文溆子、后庭花、盐角儿，凡二十八条，一一溯其得名之缘起，与其渐变宋词之沿革。盖三百篇之余音，至汉而变为乐府，至唐而变为歌诗，及其中叶，词亦萌芽。至宋而歌诗之法渐绝，词乃大盛。其时士大夫多娴音律，往往自制新声，渐增旧谱，故一调或至数体，一体或有数名，其目几不可殚举，又非唐及五代之古法。灼作《碧鸡漫志》，就其传授分明可以考见者，核其名义，正其宫调，以著倚声所自始。今其书具传，欲详知词调源流，可寓目也。

第二节　宋词之概观

对于宋词作分析研究而施以概括评论，可如下列各方法：

（甲）以时间分北宋南宋　周济曰："两宋词各有盛衰，北宋盛于文士而衰于乐工，南宋盛于乐工而衰于文士。"又曰："北宋主乐章，故情景但取当前，无穷高极深之趣；南宋则文人弄笔，彼此争名，故变化益多，取材益富。然南宋有门径，有门径，故以深而转浅；北宋无门径，无门径，故似易而实难。"

（乙）以时间分初盛中晚　清尤侗序《词苑丛谈》云："唐诗有初、盛、中、晚，宋词亦有之。中略。约而次之，小山、安陆，其词之初乎；淮海、清真，其词之盛乎；石帚、梦窗，似得其中；碧山、玉田，风斯晚矣。唐诗以李、杜为宗，而宋词苏、陆、辛、刘有太白之风，秦、黄、周、柳得少陵之体，此又画疆而理，联骑而驰者也。”

（丙）以词作品之派别分家数 周济《宋四家词选》以周邦彦、辛弃疾、王沂孙、吴文英为宋词四领袖，以余人为附庸，犹之张为列唐代诗人为主客图也。其目录如下：

周邦彦

晏　殊　韩　缜　欧阳修　晏幾道　张　先
柳　永　秦　观　贺　铸　韩元吉

辛弃疾

徐昌图　韩　琦　范仲淹　苏　轼　晁补之
洪　皓　姜　夔　陆　游　陈　亮　赵以夫
陈经国　方　岳　蒋　捷

王沂孙

林　逋　毛　滂　潘元质　吕本中　康伯可
范成大　史达祖　张　炎　黄公绍　练恕可
赵　珏

吴文英

张　升　赵令畤　王安国　苏　庠　陈　克
严　仁　高观国　陈允平　周　密　王武子
黄孝迈

（丁）以其演变之方向分段落 近人胡适分宋词为三段落，为歌者之词、诗人之词、词匠之词。苏东坡以前，乃教坊乐工与娼家妓女歌唱之词；东坡至稼轩后，乃诗人之词；白石以后直至宋末元初，乃词匠之词。

按胡氏以晚唐至元初为词之自然演变时期，又于此时期内分三段落，而两宋三百年实跨有之，是不啻为宋词分也。兹依胡氏之三段落，参酌周氏之四家，略述两宋之词，其演变可概见也。

第三节　宋初词人

宋王灼《碧鸡漫志》云：“唐末五代文章之陋极矣，独乐章可喜，虽乏高韵，而一种奇巧，各自立格，不相沿袭。中略。国初平一宇内，法度礼乐寝复全盛，而士大夫乐章顿衰于前日，此尤可怪。”循是说也，则词之第一段落歌者之词，视五代有逊色矣。按王灼论宋词，尊苏轼而抑柳永，于长短句中杂见滑稽语者，以为嫚戏污贱，古所未有。故其文学观念，乃贵族的而非平民的，宜其讥薄柳永，而以为宋初乐章衰于前日也。

胡适以为：“此时代之词尚有一特点，即接近平民文学，而采用乐工、娼女之语调也。”按此即王灼之所以叹为衰于前日，而不知其正演而渐进，由贵族文学变而为平民文学也。故柳永浪迹娼寮，其作品悉被弦管。晏几道自序其词，亦云然。或未必荐诸郊祀，取重于朝耳，安可谓乐章顿衰于前乎？

沿五代余波而表表著声于词林者，要莫先于晏殊。冯煦云：“词至南唐，二主作于上，正中和于下，诣微造极，得未曾有。宋初诸家靡不祖述二主。宪章正中中略。晏同叔殊。去五代未远，馨烈所扇，得之最先，故左宫右徵，和婉而明丽，为北宋倚声家初祖。”《四库总目提要》亦云：“殊赋性刚峻，而词语特婉丽。”胡适谓晏殊之词，于闲雅富丽之中，带凄婉之意味，风格自高。盖不仅胎息南唐二主，直堪步武晚唐温、韦也。

承五代凄婉之敝而易以通俗之变者，是惟柳永。词至柳永，始衍小令为慢词，有缠绵之致，于声律能谐。叶梦得《避暑录话》云：“凡有井水饮处即能歌柳词。”可见其流传之广，而见重于教坊乐工之甚矣。《四库总目提要》云：“词本管弦冶荡之音，而永所作旖旎近情，故使人易入。虽颇以俗为病，然好之者终不绝也。”周济曰：“耆卿（永）为世訾警久矣，然其铺叙宛委，言近意远，森秀幽淡之趣在骨。”刘熙载曰：“耆卿词细密而妥溜，明白而家常，善于叙事，有过前人。惟绮罗香泽之态所在多有，故觉风斯未上耳。”冯煦则谓：“耆卿词曲处能直，密处能疏，奡处能平，状难状之景、达能达之情而出之以自然，自是北宋巨手。然好为俳体，词多媟黩，有不仅如《提要》所云‘以俗为病’者。”《避暑录话》谓：“‘凡有井饮水处即能歌柳词’，三变之为世诟病，亦未尝不由于此。盖与其千夫竞声，毋宁白雪之寡和也。”按永之词为世诟病，特以其浅近卑俗耳。王灼云：“柳耆卿《乐章集》中略。浅近卑俗，自成一体，不知书者尤好之。予尝以比都下富儿，虽脱村野而声态可憎。”永尝作《戚氏》一曲，有赞以诗者曰：“《离骚》寂寞千年后，《戚氏》凄凉一曲

《雨霖铃·寒蝉凄切》（柳永）

寒蝉凄切，对长亭晚，骤雨初歇。都门帐饮无绪，留恋处，兰舟催发。执手相看泪眼，竟无语凝噎。念去去，千里烟波，暮霭沉沉楚天阔。多情自古伤离别，更那堪，冷落清秋节！今宵酒醒何处？杨柳岸，晓风残月。此去经年，应是良辰好景虚设。便纵有千种风情，更与何人说？

终。”而王灼则曰：“柳何敢知世间有《离骚》！”意以为柳氏之词，未可上追《离骚》也。其实文学作品果可以平民化，则其为效亦至宏远。《诗经》十五国风，莫非出于村野者也，何独柳永之词，遂有甚可憎之声态，不能见重于批评家欤？故王灼之说未足为训也。

柳永夺官后失意无聊，流连坊曲，往往不能珍重下笔，故其恶滥可哭者居多，然如《雨霖铃》一阕，更是词林绝唱。永以慢词擅名，偶作小令，亦有风格道尚者，如《少年游》一阕有云：“长安古道马迟迟，高柳乱蝉栖。夕阳岛外，秋风原上，目断四天垂。下略。”仍不失晚唐面目。

欧阳修之词秀逸委婉，与晏殊同出南唐，而渐开苏轼疏隽一派，亦如其诗文之承先启后也。冯煦曰：“宋初大臣之为词者，寇莱公、晏元献、宋景文、范蜀公与欧阳文忠，并有声艺林。然数公或一时兴到之作，未为专诣，独文忠与元献学之既至，为之亦勤，翔双鹄于交衢，驭二龙于天路，且文忠家庐陵而元献家临川，词家遂有西江一派。其词与元献同出南唐，而深致则过之。宋至文忠，文始复古，天下翕然师尊之，风尚为之一变。即以词言，亦疏隽开子瞻，深婉开少游。本传云：‘超然独骛，众莫能及。’独其文乎哉？”清姚鼐尝论欧阳修之文擅阴柔之美，盖其文情韵独胜，于其词尤可征焉。

欧阳修词缠绵悱恻者居多，盖仍是《花间》一派，故其词往往与冯延巳相溷。而当时奸党，尝因《望江南》双调一阕，诬修盗甥。陈质斋云：“欧阳公词多有与《花间》相溷，鄙亵之语厕其中，当是仇人无名子所为也。”罗长源亦云：“公词之浅近者，前辈多谓是刘煇伪作。”按欧词今有两种传本，一曰《六一词》，汲古阁本；一曰《醉翁琴趣外篇》，双照楼覆

《蝶恋花·庭院深深深几许》（欧阳修）

庭院深深深几许，杨柳堆烟，帘幕无重数。玉勒雕鞍游冶处，楼高不见章台路。　雨横风狂三月暮，门掩黄昏，无计留春住。泪眼问花花不语，乱红飞过秋千去。

宋本。两种内容颇异，《琴趣》中艳词较多。陈、罗诸公以欧公为一代儒宗，不应有侧艳之语。其实北宋仁宗以后，道学方萌其端，士大夫偶制小令，付教坊被之管弦，殊不足为怪。曾慥纂《乐府雅词》，自序谓："当时小人或作艳曲，谬为公词，今悉删除。"然慥所收八十余首内，有"水晶双枕傍有堕钗横"，又有"月上柳梢头，人约黄昏后"等词，莫非艳语也？何必为欧阳修讳耶！其写景之词，如《采桑子》赋颍州西湖十阕最称隽永。暮年所作，晚景颓唐，见于辞表，无复缘情绮丽之致。其运诗意于歌曲，已渐开苏轼诗人之词之先路矣。

同时韩琦、范仲淹，均以勋业取重当世，偶亦填词，如范之《御街行》、韩之《点绛唇》，皆极有情致。范有《渔家傲》一阕，则能传其悲壮之概，辛弃疾之先导也。

欧阳修之友，如梅尧臣、苏舜钦、石延年，皆间作小词。其后进如韩缜、司马光、王安石，词皆不多，而各有可传诵者。王安石尤能脱尽"花间"习气，承欧阳修之后，寓其不可羁群、独往独来之个性于长短句中。假使更能纵情于此，则诗人之词，殆不必让苏轼做领袖矣。故词学史上之王安石，亦欧后苏前之重要人物也。

张先与柳永齐名而享年独久，生于太宗淳化元年，卒于神宗元丰元年，年八十九，与苏轼相及。苏轼赠诗所谓"诗人老去莺莺在，公子归来燕燕忙"，即其人也。按《苕溪渔隐丛话》引苏轼语云："吾昔自杭移高密，与杨元素同舟，而陈令举、张子野皆从余。过李公择于湖，遂与刘孝叔俱至松江。夜半月出，置酒垂虹亭，子野年八十五，以歌词闻于天下，作

《定风波令》。”轼又尝题其词集云：“子野诗笔老妙，歌词乃其余波耳。”然则先亦非专精于词者，其词乃独见称于世俗，时人或以之右于柳永。晁补之则曰：“人以为子野不及耆卿富。而子野韵高，是耆卿所乏处。”盖先之词格虽不可谓甚高，但不如柳永之近于俚俗，故李端叔评之曰：“子野词才不足而情有余。”周济亦曰：“子野清出处、生脆处味极隽永，只是偏才，无大起落。”《古今诗话》载：有客谓子野曰：“人皆谓公张三中，即心中事、眼中泪、意中人也。”公曰：“何不目之为张三影？”客不晓，公曰：“‘云破月来花弄影’，‘娇柔懒起，帘压卷花影’，‘柳径无人，堕风絮无影’，此余平生所得意也。”此三词，尤以“云破月来花弄影”最脍炙人口，盖《天仙子》调也。尚有《青门引》一阕，末句作“隔墙送过秋千影”；《木兰花》一阕，末句作“无数杨花过无影”。皆清脆可喜。《遁斋闲览》又载宋祁尝过张先家，遣将命者曰：“尚书欲见‘云破月来花弄影’郎中。”先内应曰：“得非‘红杏枝头春意闹’尚书耶？”先擅名于词之佳话，有如此者。

宋祁之于词，亦如欧阳修之以余力游戏为之，而李端叔称

《十咏图》（宋张先绘）

之曰："风流闲雅，超出意表。"即其"红杏枝头春意闹"一语可见也。

第四节 苏轼及其门下词人

苏轼之词，在当时颇能容纳众流，自开新派，胡适尊之为"诗人之词之开山祖"。若论其渊源，则气味清隽似欧阳修而雄健过之，铺陈曼衍似柳永而奔放过之，其作品类能充分抒摅其怀抱，非复音律所能拘束。晁补之曰："东坡居士词，人谓多不谐音律。然横放杰出，自是曲子中缚不住者。"此种体势，可以《念奴娇·赤壁怀古》一阕为代表。

王灼《碧鸡漫志》于北宋词人，抑柳永而崇苏轼，尝云：

《念奴娇·赤壁怀古》（苏轼）

大江东去，浪淘尽，千古风流人物。故垒西边，人道是，三国周郎赤壁。乱石穿空，惊涛拍岸，卷起千堆雪。江山如画，一时多少豪杰。　遥想公瑾当年，小乔初嫁了，雄姿英发。羽扇纶巾，谈笑间，樯橹灰飞烟灭。故国神游，多情应笑我，早生华发。人生如梦，一尊还酹江月。

“长短句虽至本朝盛，而前人自立与真情衰矣。东坡先生非心醉于音律者，偶尔作歌，指出向上一路，新天下耳目，弄笔者始知自振。今少年妄谓东坡移诗律作长短句，十有八九不学柳耆卿则学曹元宠。虽可笑，亦毋用笑也。”

《吹剑续录》云：“东坡在玉堂日，有幕士善歌，因问：‘我词何如柳七？’对曰：‘柳郎中词，只合十七八女郎，执红牙板，歌“杨柳岸晓风残月”。学士词，须关西大汉，铜琵琶、铁绰板，唱“大江东去”。’东坡为之绝倒。”苏词之不同柳永，幕士之说，殆为定论。词之领土，由是而大拓，不仅儿女聚散之私情，可藉以陶写已也。故刘熙载曰：东坡词“无意不可入，无事不可言”。盖词至苏轼，一洗绮罗香泽之态，使人登高望远，举首浩歌，超乎尘埃之外。于是《花间》为皂隶，柳氏为舆台矣。

苏轼之小令，亦颇以韶秀隽永擅长，如《卜算子》一阕，无异晏氏父子、欧阳修诸作。黄庭坚称其“语意高妙，似非吃烟火食人语”。东坡乐府篇帙甚富，美不胜收，世所传诵者，尚有《洞仙歌》《水调歌头》等阕。

苏门四学士黄庭坚、秦观、晁补之、张耒皆能词，而黄庭坚与秦观各擅所长，然与苏轼之词不类，晁、张更无论矣。

黄庭坚之词，喜为曲中俚语。盖当时之软平勾领，往往杂以方言俗语，今日多不可解。故论黄词者，类皆訾其粗俗，《四库总目提要》评之云：“今观其词，如《沁园春》《望远行》《千秋岁》第二首、《江城子》第二首、《两同心》第二首、第三首、《少年心》第一首、第二首、《丑奴儿》第二首、《鼓笛令》四首、《好事近》第三首，皆亵诨不可名状。至于《鼓笛令》第三首之用'䝯'字，第四首之用'㞞'字，皆字书所不载，尤不可解。”故当时晁补之讥其所作词“不是当行家语，乃着腔子唱好诗”。按庭坚富有创作天才，故于诗能自成一派，其于词之喜用曲中俚语，盖亦别开风气，本诸柳永而加厉焉耳。如《卜算子》词有云：“要见不得见，要近不得近。试问得君多少怜，管不解多于恨。”犹其差雅驯者也。

陈师道《后山诗话》尝云：“今代词手，惟秦七、黄九耳，余人不逮也。”冯煦曰：“其实黄非秦匹也，若以比柳，差为得之。盖其得也，则柳词明媚，黄词疏宕，而亵诨之作，所失亦均。”黄词之近于柳永者，其佳处为疏宕，即晁补之所谓“着腔子唱好诗”也。补之又尝称其“小词固高妙”，如《采桑子》词有云：“樱桃着子如红豆，不管春风归，闻道开时，蜂惹香须蝶惹衣。”则其韶秀又不减秦观也。

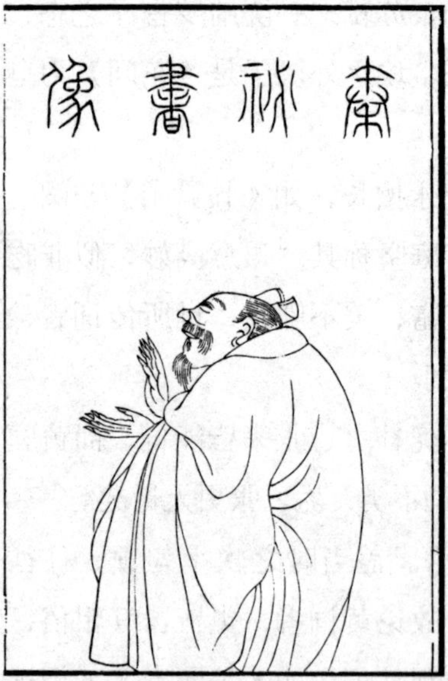
秦　观
——从清道光十年（1830）刊本《古圣贤像传略》

秦观之词以婉约胜，神韵独高，《四库总目提要》云：“观诗格不及苏、黄，而词则情韵兼胜，在苏、黄之上。流传虽少，要为倚声家一作手。”盖观虽名列苏门，而词派遥挹《花间》，近规二晏，与苏轼之雄健豪放迥异。晁补之云：“近来作者，皆不及少游。如《寒景》词云：‘斜阳外，寒鸦数点，流水绕孤村。’虽不识字人，亦知是天生好言语。”蔡絛《铁围山丛谈》载：观女婿范温“尝预贵人家会，贵人有侍儿，善歌秦少游长短句，坐间略不顾温及酒酣欢洽，始问此郎何人。温遽起叉手而对曰：‘某乃“山抹微云”女婿也。’闻者多绝倒”。故叶梦得称观曰：“善为乐府，语工而入律，知乐者谓之作家歌。”按所谓“山抹微云”者，观有《满庭芳》词，开首云：“山抹微云，天粘衰草。”当时被之管弦，至今犹脍炙人口者也。

蔡伯世云：“子瞻辞胜乎情，耆卿情胜乎辞。辞情相称者，惟少游而已。”此言秦词能惩柳、苏二家之失也。冯煦则更进而论次其高下，以为：“他人之词，词才也；少游，词心也。得之于内，不可以传。虽子瞻之明隽，耆卿之幽秀，犹若有瞠乎后者，况其下耶？”又曰：“少游以绝尘之才，早与胜流，不可一世，而一谪南荒，遽丧灵宝，故所为词寄慨身世，闲雅有情思，酒边花下，一往而深，怨悱不乱，悄乎得《小雅》之遗。后主之后，一人而已。”综而论之，观之小令尚不失《花间》面目，得于南唐后主者尤多；其慢词则明媚似柳永，而婉约过之。其词格与黄庭坚固分道扬镳，即苏轼亦未能使之同化也。

晁补之所为词，冯煦以为无苏轼之高华而沉咽过之，陈直斋以为佳者不逊于秦、黄。补之于秦、黄诸人之词，尝致品题，可知其于此事特深。惟其天才稍逊，其词亦有不事雕琢之

张　耒

——从清道光十年（1830）刊本《古圣贤像传略》

趣，故集中虽游戏小词，亦不作绮艳语。”

张耒之词，传于今者仅有《风流子》《少年游》《秋蕊香》三首。《苕溪渔隐丛话》云：“文潜官许州，喜营妓刘淑，作《少年游》，又为《秋蕊香》寓意。元祐诸公皆有乐府，唯张仅见《风流子》及此二词。味其句意，不在诸公之下矣。”

陈师道亦游苏轼门下，《苕溪渔隐丛话》云：“后山自谓他文未能及人，独于词不减秦七、黄九，其自矜如此。”然陆游则有说曰：“陈无已诗妙天下，以其余作词，宜其工矣。顾乃不然，殆未易晓。”师道所自矜者，而游评之如此，何哉？

《复斋漫录》载晁无咎玉山过彭门，而无已废居里中，无咎出小鬟舞《梁州》佐酒，无已作《减字木兰花》词，有云：“娉娉袅袅，芍药梢头红样小。舞袖低垂，心到郎边客已知。”无咎云：“人疑宋开府铁石心肠，及为《梅花赋》清腴艳发，殆不类其为人。无已清适，虽铁石心肠不至于开府，而此词清腴艳发，过《梅花赋》矣。”

苏轼以后，词人辈出，其足与秦观抗衡者，厥惟贺铸。同时文士，颇有激赏其词者，如张耒云：“贺铸《东山乐府》，妙绝一世。其盛丽如游金、张之堂，妖冶如揽嫱、施之袪，幽索如屈、宋，悲壮如苏、李。”黄庭坚尝赠以诗云：“能道江南肠断句，只今惟有贺方回。”贺以《青玉案》一词擅名，其词有云：“试问闲愁都几许？一川烟草，满城风絮，梅子黄时雨。”贺少为武弁时作此词，时人因呼为“贺梅子”。大抵贺词风格与秦观为近，而造语秾丽，笔力遒劲，两者兼而有之。盖能熔景入情，是其所长也。

同时能词者，有程垓、李之仪、毛滂、谢逸、周紫芝、赵令畤、王诜、王观等。程垓为苏轼中表之戚，其词颇有可观，冯煦称：“其凄婉绵丽，与草窗所录《绝妙好词》家法相近，故是正锋。虽与子瞻为中表昆弟，而门径绝不相入。”李之仪之词，不脱《花间》本色，冯煦谓其“长调近柳，短调近

《青玉案》（贺铸）

凌波不过横塘路，但目送，芳尘去。锦瑟华年谁与度？月桥花院，琐窗朱户，只有春知处。
碧云冉冉蘅皋暮，彩笔新题断肠句。试问闲愁都几许？一川烟草，满城风絮，梅子黄时雨。

秦，而均有未至。”毛滂尝以《惜分飞》词见奖于苏轼，轼为之延誉，滂以得名。谢逸之词温雅有致，盖于此事蕴酿甚深。周紫芝之词清丽婉曲，饶自然之趣。赵令畤为宋宗室，王诜为贵戚，皆尝与苏轼相酬答。赵词颇有传诵人口者，题《会真记》之《蝶恋花》诸阕是也。王词清丽幽远，黄庭坚称其工在江南诸贤季孟之间。王观之词，在当时流传殊盛，以“冠柳”名集。贬之者谓其风格不高，盖受柳永之影响甚深。此外尚有晁冲之、李廌、杜安世、朱服、刘泾、章楶等。王安石之弟安国、子雱及苏轼之子过，皆有传诵人口之作。此时期大抵自歌者之词渐变于诗人之词，而能望苏轼项背者，殆难得其人。

第五节　周邦彦与宋徽宗

周邦彦之词，集北宋大成，开南宋各派，诚宋代词坛重要人物。盖宋词经柳永衍其体制而慢词大盛，经苏轼扩其意境而词与诗有同样之效用，至是而周邦彦起。《宋史·文苑传》称：“邦彦。疏隽少检，不为州里推重。中略。好音乐，能自度曲，制乐府长短句，词韵清蔚。”盖邦彦具有音乐的文学之天才，承北宋诸大词人之后，兼取众长，颇能运诗心以赴音律。其雄健横放或不及苏轼，而下字用韵皆有法度，富艳精工，善于铺叙，要为邦彦独诣之奥，确能兼柳永之长而有之也。自来论邦彦者，如陈郁《藏一话腴》云：“美成号清真，二百年来，以乐府独步。贵人学士、市侩妓女，皆知美成词为可爱。”楼钥云:“清真乐府播传，风流自命，顾曲名堂，不能自已。”陈直斋云：美成词“多用唐人诗语檃括入律，浑然天成，长调尤善铺叙，富艳精工，词人之甲乙也。”张炎云：美成词“浑厚和雅，善于融化诗句”。沈义父云：“作词当以清真为主，中略。下字运意，皆有法度。”清周济辑《宋四家词选》、戈载辑《宋七家词选》，皆以邦彦为魁。周济曰：“清真集大成者也。”戈载曰：“其意淡远，其气浑厚，其音节又复清研和雅，最为词家之正宗。”其推尊可谓至矣！至如彭孙通云：“美成词如十三女子，玉艳珠鲜，政未可以其软媚而少之也。”此则可知其显然与苏轼分道扬镳者也。至如王国维云：“美成深远之致，不及欧、秦。惟言情体物，穷极工巧，故不失为第一流之作者。但恨创调之才多，创意之才少耳。”此则未免求全之责矣！

徽宗朝邦彦官汴都时，尝以词遭贬斥，按《贵耳集》载：“道君幸李师师家，偶周邦彦先在焉，知道君至，遂匿于床下。道君自携新橙一颗，云江南初进来，遂与师师谑语。邦彦悉闻之，檃括成《少年游》云云。他日师师歌此词，道君问谁作，师师奏云周邦彦词。道君大怒，宣谕蔡京：‘周邦彦职事废弛，可日下押出国门。’隔一二日，道君复幸李师师家，不见师师，问其家，知送周监税。坐久至更初，李始归，愁眉泪睫，憔悴可掬。道君大怒云：‘尔往那里去？’李奏：‘妾万死，知周邦彦得罪押出国门，略致一杯相别，不知官家来。’道君问：‘曾有词否？’李奏云：‘有《兰陵王》词。’即‘柳阴直’者是也。道君云：‘唱一遍看。’李奏云：‘容臣妾奉一杯歌此词，为官家寿。’曲终，道君大喜，复召为大晟乐正。”《少年游》《兰陵王》两词，皆《清真集》中绝唱也。

词至周邦彦，虽渐已着意于炼字琢句，谐音协律，然终不失为诗人之词者。盖其天才特高，并非南宋吴文英、周密诸人所可企及者。近人胡适谓：“周邦彦为音乐家而兼诗人，故其词音调谐美，情旨浓厚，风趣细腻，为北宋一大家。”邦彦词中常用唐人诗句，而融化浑成，无斧凿痕可寻。此可见其渊博，未可漫以颇偷古句而讥之也。

宋徽宗虽亡国之君而雅善制词，其词可分前、后两期，在帝位时为前期，北狩后为后期。前期为绮丽闲适之帝王生活，后期为颠沛凄凉之俘虏生活。其卷纾崇圮，大抵同于南唐李后主而尤加甚焉，其天才视李后主亦无多让。吴曾《能改斋漫录》称徽宗尝为《探春令》甚工，其词有云：“清歌妙舞从头按，等芳时开宴。记去年对着东风，曾许不负莺花愿。”又如：“龙楼一点玉灯明，箫韶远，高宴在蓬瀛。”皆其前期之作，从猥红倚翠中来者，至如北狩后，见杏花作

宋徽宗赵佶

《燕山亭》词，有云：“易得凋零，更多少无情风雨。愁苦，问院落凄凉，几番春暮！中略。天遥地远，万水千山，知他故宫何处！”此则哀情哽咽，仿佛李后主“无限江山，别时容易见时难”之语，令人不忍卒读。

按宋代文学，往往得君主操持领袖于上。北宋之词，前有仁宗、后有徽宗，国运至徽宗而中斩。词派至徽宗时之周邦彦而集大成，徽宗自身亦雅擅词才。则当时之风靡一世，可概见矣。

是时词人辈出，殆不胜偻指计。其尤著者，有晁端礼、万俟雅言、吕渭老、向子諲、蔡伸、方千里、杨泽民、曹组、叶梦得、朱敦儒、王灼等。

晁端礼晚以蔡京荐为大晟府协律，不克受而卒。有《鸭头绿》一阕，胡仔称其清婉，堪与东坡《水调歌头》比肩。

万俟雅言自号“词隐”，崇宁中充大晟府制撰。黄升称其词曰：“发妙音于律吕之中，运巧思于斧凿之外。平而工，和而雅。”又曰：“雅言之词，词之圣者也。”则过誉矣。

吕渭老有声宣和、靖康间，赵师秀称其词婉媚深窈，视美成、耆卿伯仲。其《东风第一枝·咏梅》，或谓可与苏轼《西江月》并称。杨慎亦谓其诸调佳处，不让少游。盖周邦彦同时俊也。

向子諲自号“芗林居士”，胡致堂称其“步趣苏堂而哜其胾”。其《减字木兰花·咏瑞香》有云：“真相妙质，不耐世间风与日。”毛子晋甚称之。盖不假雕琢而语挚情真，是其所长也。

蔡伸尝与向子諲同官，屡有赠子諲词。其词视子諲稍逊，而才致笔力亦略相伯仲，其婉约处亦未遽逊于子諲也。

方千里、杨泽民各有和周邦彦《清真词》一卷，时人尝合为《三英集》行世。盖邦彦提举大晟乐府，每制一调，名流辄依律赓和，方、杨二氏皆和其全词。《四库总目提要》谓千里和清真词“字字奉为标准”，殆不过亦步亦趋之流耳，然亦可见周词之风靡一世矣。

曹组以词见宠于徽宗，徽宗曾赏其《如梦令》之“风动一枝花影”、《点绛唇》之“暮山无数，归雁愁边去”。王灼《碧鸡漫志》云：“有人过钧容班教坊，问曰：‘某宜何歌？’必曰：‘汝宜唱曹元宠。’”斯可见其词名之震于当世矣。惟王灼殊不重其词，讥其与柳永同科。

叶梦得
——从清道光十年（1830）刊本《古圣贤像传略》

叶梦得之词，毛子晋称其“绰有林下风，不作柔语殢人，真词家逸品也”。盖在当时，其词颇与苏、柳并传，故关注曰：“其词甚婉丽，绰有温、李之风。晚岁落其华而实之，能于简淡时出雄杰，合处不减靖节、东坡之妙。”

朱敦儒当南渡前后，词名藉甚，黄升称其“天资旷逸，有神仙风致”。《贵耳集》

云："朱希真，南渡以词得名。词有'插天翠柳，被何人推上，一轮明月'之句，自是豪放。赋梅词'横枝消瘦一如无，但空里疏花数点'，语意奇绝，如不食烟火语。"盖希真在词坛，虽不能卓然自成大家，然其天资旷远，词旨亦不可以绳墨拘束，实能承苏轼之余绪而启辛弃疾之先路。特其人乐天自适，晚年绝意于仕进，遂以隐德掩词名耳。

王灼著《碧鸡漫志》，论北宋词人最崇苏轼，而自制之词乃不能稍望苏轼项背。其书颇详于曲调源流，盖亦熟于词林掌故者也。

第六节　女词人李清照

女词人李清照，不仅擅声两宋，实为中国文学史上有数之人物。世颇传诵其《声声慢》一词，《鹤林玉露》云："起头连叠七字，以一妇人乃能创意出奇如此。"《贵耳集》云："易安秋词《声声慢》，此乃公孙大娘舞剑手，本朝非无能词之士，未曾有一下十四叠字者。后叠又云'到黄昏点点滴滴'，又使叠字，俱无斧凿痕。'守着窗儿，独自怎生得黑'，'黑'字不许第二人押，妇人中有此文笔，殆间气也！"《琅环记》载清照作《醉花阴》词函致其夫赵明诚，明诚叹赏，苦思求胜之，乃忘寝食，三日夜得五十阕，杂清照作以示友人陆德夫。德夫玩之再三，说只有"莫道不消魂，帘卷西风，人比黄花瘦"三句绝佳。又《苕溪渔隐丛话》云："近

李清照

——从清乾隆三十八年（1773）刊本《历朝名媛诗词》

时妇人能文词如李易安，颇多佳句。如云‘绿肥红瘦’，此语甚新。”黄升又称其“宠柳娇花”之语甚奇俊，前此未有能道之者”。盖清照之词，遣词创格，迥异凡流，直不啻前无古人、后无来者，奚止求之于巾帼为不可多得哉！

清照于北宋诸大词人，多致贬辞，其论晏殊、欧阳修、苏轼也，尝曰：“皆句读不葺之诗尔，又往往不协音律。”其论柳永，则曰：“虽协音律而词语尘下。”他如晏幾道、黄庭坚、秦观、贺铸，皆有评语。而清照当时每有所作，无不传诵人口，《四库总目提要》称其词格“抗轶周、柳”，诚不愧为一大家也。

清照之词，至宋室南渡后声名尤著，辛弃疾《稼轩词》中尝有效李易安体者，朱熹亦尝云：“本朝妇人能文者，唯魏夫人及李易安而已。”魏夫人者，魏泰之姊，曾布之妻。其词有《菩萨蛮》一阕，论者谓深得国风《卷耳》之遗，然视李清照，则未可同日语也。

王灼《碧鸡漫志》称，清照自少年便有诗名，才力华赡，逼近前辈，在士大夫中已不多得。若本朝妇人，当推词采第一。至论其词则曰：“作长短句能曲折尽人意，轻巧尖新，姿态百出，闾巷荒淫之语肆意落笔，自古缙绅之家能文妇女，未见如此无顾藉也。”此则不免深文贬抑。盖相传有清照夫死改嫁之说，灼即云：“再嫁某氏，讼而离之，晚节流荡无归。”《苕溪渔隐丛话》称其再适张汝舟，未几反目。晁公武《郡斋读书记》亦主是说，李心传《建炎以来系年要录》载其与后夫搆讼事尤详。清俞正燮《癸巳类稿》内有《易安居士事辑》，则为之繁征博引，以辨其诬。陆心源、李慈铭皆尝辨及。李慈铭据其绍兴三年《上胡松年》诗有“嫠家祖父生齐鲁”之句，证明其确系老于嫠妇，殆无疑也。

第七节　辛弃疾及辛派词人

论宋词者，苏、辛并称。辛弃疾际宋室南渡之时，承周邦彦之后，而能不流为雕琢纤艳，揖苏轼之遥源，树词坛之别帜，其才气纵横、见解超脱、情感浓挚，一一寄之于词，无论长调或小令，皆足以表现其人格。论者或病其音律欠谐，此其为失也，正与苏轼无异。故苏、辛一派之词，直已脱音乐而独立，诚如李清照所谓“句读不葺之诗”，胡适所谓“诗人之词”，至辛弃疾而登峰造极矣。王国维亦曰：“南宋词人，堪与北宋颉颃者，惟一幼安耳。中略。幼安之佳处，在有性情有境界，即以气象论，亦有傍素波、干青云之概，宁后世龌龊小生所可拟耶？”

周济《宋四家词选》退苏进辛，以辛弃疾为第二大家，而列苏轼为辛之附庸。其称辛弃疾曰："稼轩敛雄心，抗高调，变温婉，成悲凉。"又曰："稼轩不平之鸣，随处辄发，有英雄语，无学问语，故往往锋颖太露。然其才情富艳，思力果锐，南北两朝实无其匹，无怪流传之广且大也！"其退苏进辛，则有说曰："世以苏、辛并称。苏之自在处，辛偶能到之；辛之当行处，苏必不能到。二公之词不可同日语也。"

自来论辛词者，莫不赞其凌厉风发，前无古人。刘克庄云："公所作，大声镗鞳，小声铿鍧，横绝六合，扫空万古。"毛晋云："词家争斗秾纤，而稼轩率多抚时感事之作，磊砢英多，绝不作妮子态。"彭孙遹曰："稼轩之词，胸有万卷，笔无点尘，激昂排宕，不可一世。"王士祯云："石勒云'大丈夫磊磊落落，终不学曹孟德、司马仲达狐媚'，读《稼轩词》，当作如是观。"刘熙载曰："稼轩词龙腾虎掷，任古

《永遇乐·京口北固亭怀古》（辛弃疾）

千古江山，英雄无觅孙仲谋处。舞榭歌台，风流总被雨打风吹去。斜阳草树，寻常巷陌，人道寄奴曾住。想当年，金戈铁马，气吞万里如虎。　元嘉草草，封狼居胥，赢得仓皇北顾。四十三年，望中犹记，烽火扬州路。可堪回首，佛狸祠下，一片神鸦社鼓。凭谁问：廉颇老矣，尚能饭否？

书中理语、瘦语，一经运用，便得风流，天姿是何夐异！”然稼轩词中调、小令亦间作妩媚语，观其得意处，真有压倒古人之概。故刘克庄曰：“其秾纤绵密者，亦不在小晏、秦郎之下。”盖其词大体以激扬奋厉为工，而如“宝钗分桃叶渡”一曲调寄《祝英台近》。则昵狎温柔，魂销意尽。才人伎俩，真不可测。

岳珂《桯史》云：

> 辛稼轩守南徐，已多病谢客。中略。每燕必命侍伎歌其所作，特好歌《贺新郎》一词，自诵其警句曰：“我见青山多妩媚，料青山见我应如是。”又曰：“不恨古人吾不见，恨古人不见吾狂耳。”每至此，辄拊髀自笑，顾问坐客何如，皆叹誉如出一口。既而又作一《永遇乐》，序北府事，首章曰：“千古江山，英雄无觅孙仲谋处。”又曰：“寻常巷陌，人道寄奴曾住。”其寓感慨者，则曰：“不堪回首，佛狸祠下，一片神鸦社鼓。凭谁问，廉颇老矣，尚能饭否？”特置酒召数客，使妓迭歌，益自击节，遍问客，必使摘其疵，逊谢不可。客或措一二辞，不契其意，又弗答，然挥羽四视不止。余时年少，勇于言，偶坐于席侧，稼轩因诵启语，顾问再四。余率然对曰：“待制词句，脱去今古轸辙。每见集中‘有解道此句，真宰上诉，天应嗔耳’之序，尝以为其言不诬。童子何知，而敢有议？然必欲如范文正以千金求《严陵祠记》一字之易，则晚进尚窃有疑也。”稼轩喜，促膝亟使毕其说，余曰：

“前篇豪视一世，独首、尾二腔警语差相似，新作微觉用事多耳。”于是大喜，酌酒而谓坐中曰：“夫君实中予痼！”乃咏改其语，日数十易，累月犹未竟。其刻意如此。

按楼敬思尝称：“稼轩驱使《庄》《骚》，无一点斧凿痕。”然用事太多，诚辛词之缺憾，而其刻意有如岳珂所称者，则其作品亦未始不由苦思得矣。

陆游生平精力尽于为诗，填词乃其余事。明杨慎《词品》谓其“纤丽处似淮海，雄快处似东坡”。《四库总目提要》则引伸其说曰：“游之本意，盖欲驿骑于二家之间，故奄有其胜而皆不能造其极。要之，诗人之言，终为近雅，与词人之冶荡有殊，其短其长故具在是也。”循是说也，则游偶作长短句而能不失其诗人面目，则其为“诗人之词”之一作家，允无疑也。况游与辛弃疾同一时代，其身世家国之感，往往发之于诗，间亦遣之于词，故刘克庄尝以辛、陆并称曰：“放翁、稼轩一扫纤艳，不事斧凿，但时时掉书袋，亦是一癖。”所谓“掉书袋”者，堆砌古典之谓也，要是才士通病。而宋室南渡后，游之诗固卓然自为大宗，词亦扫尽纤淫，足与辛弃疾抗颜，其集中豪放之作，实能胎息苏轼而与辛弃疾相伯仲。冯煦所谓“剑南屏除纤艳，独往独来，其逋峭沉郁之概，求之有宋诸家，无可方比”，是也！即其间有清丽之作，又往往与颓放相兼，此则匪仅投老忧国使然，其少年时代尝有一段哀情，足使诗人终身乏欢娱而多感慨焉！

按周密《齐东野语》载，陆游初娶唐氏，于其母夫人为姑侄。伉俪相得而弗获于其姑，既出而未忍绝之，则为别馆，时时往焉。姑知而掩之，虽先知挈去，然事不得隐，竟绝之，亦人伦之变也。唐后改适同郡宗子士程，尝以春日出游，相遇于禹迹寺南之沈氏园。唐以语赵，遣致酒肴，翁怅然久之，为赋《钗头凤》一词，末云："山盟虽在，锦书难托，莫！莫！莫！"题园壁间，实绍兴乙亥岁也。游居鉴湖之三山，晚岁入城，必登寺眺望。尝赋二绝句，其二云："城上斜阳画角哀，沈园无复旧池台。伤心桥下春波绿，曾见惊鸿照影来。"盖游迫于母氏，与唐仳离，自不能无哀感蕴蓄于方寸之中，故偶作长短句，遂时时自暴其萧疏颓放。其《钗头凤》一词，毛晋称其"孝义兼挚，更有一种啼笑不敢之情形于笔墨之外，令人不能读竟"。此则游之胸次有独具之情，辛弃疾不能与之并论者也。

刘　过

——从清道光九年（1829）长洲顾氏刊本《吴郡名贤图传赞》

刘过乃辛弃疾之幕客，词多壮语，盖学辛者也。《词苑丛谈》载刘过能诗词，酒酣耳热，出语豪纵。嘉泰癸酉，寓中都，时辛稼轩帅越，遣使招之。适以事不及行，因仿辛体作《沁园春》一词缄往，有云："斗酒彘肩，风雨渡江，岂不快哉！”下笔便真。辛得词大喜，竟邀之去。按过亦有志之士，慕辛之志业，因亦学其词格。冯煦云：“龙洲自是稼轩附庸，然得其豪放，未得其宛转。子晋亟称其《天仙子》《小桃红》二阕，云纤秀为稼轩所无。今视其语，《小桃红》亵矣，而未甚也，《天仙子》则皆市井俚谈，不知子晋何取而称之，殆与陶九成之称《沁园春》咏美人指足同一见地耶？”

刘克庄词，冯煦论之曰：“后村词与放翁、稼轩犹鼎三足，其生丁南渡，拳拳君国，似放翁；志在有为，不欲以词人自域，似稼轩。中略。又其宅心忠厚，亦往往于词得之。中略。升庵称其壮语，子晋称其雄力，殆犹之皮相也。”可谓有褒无贬矣。然张炎颇讥其“直致近俗，效稼轩而不及”，《四库总目提要》亦云：“虽纵横排宕，亦颇自豪，然于此事究非当家！”盖克庄亦有志事功者，其词亦抒情之诗耳。虽尝讥辛弃疾、陆游作词爱掉书袋，而其词之悲壮激昂，谓为辛派词人，无可疑也。

此外与辛弃疾同时之陈亮，好谈天下大略，以节气自居，而词亦疏宕有致，毛晋称其“不作一妖语、媚语”。相传亮作长短句，每一章成，辄自叹曰：“平生经济之怀，略已陈矣！”是其伟大之怀抱，往往寓之于词，则其词亦辛稼轩之流亚也欤！《词苑丛谈》称“其《水龙吟》词，乃复幽秀”，是又异于辛者。

宋词自辛弃疾于诸大家外别树一帜，其后词家遂有门户、主奴之见，冯煦尝有说曰：“才气横轶者，群乐其豪纵而效之，乃至里俗浮嚣之子亦靡不推波助澜，自托辛、刘以屏蔽其陋，则非稼轩之咎而不善学者之咎也。”此亦可以推见辛弃疾在两宋词史上之关系矣！

第八节　姜夔及姜派词人

姜夔在宋代词人中负名最盛，黄升云：“（白石）词极精妙，不减清真，其间高处有美成所不能及。”张炎云：“姜白石词如野云孤飞，去留无迹。”许昂霄云：“词中之有白石，犹文中之有昌黎也，世固有以昌黎为穿凿生割者，则以白石为生硬也亦宜。”冯煦云：“白石为南渡一人，千秋论定，无俟扬榷。《乐府指迷》独称其《暗香》《疏影》《扬州慢》《一萼红》《琵琶仙》《探春慢》《淡黄柳》等曲，《词品》则以《齐天乐》咏蟋蟀一阕为最胜。其实石帚所作超脱蹊径，天籁人力，两臻绝顶。笔之所至，神韵俱到，非如乐笑、二窗辈，可以奇对、警句相与标目，又何事于诸调中强分轩轾也！野云孤飞，去留无迹，彼读姜词者，必欲求下手处，则先自俗处能雅、滑处能涩始。”按《吴兴掌故集》，夔长于音律，尝著《大乐议》，欲正庙乐，而时嫉其能，是以不获尽其所议，人大惜之。盖夔善于度曲，所为长短句无不协律，两宋词谱今无传者，惟夔自度腔十七支宫词乐谱犹存于今。至其人格之高尚，则有如陈郁所云：“白石道人气貌若不胜衣，而笔力足以扛百斛之鼎，家无立锥而一饭未尝无食客，图史翰墨之藏，汗牛充栋，襟期洒落，如晋、宋间人。”此亦推崇之说也。

《疏影·苔枝缀玉》（姜夔）

苔枝缀玉。有翠禽小小。枝上同宿。客里相逢，篱角黄昏，无言自倚修竹。昭君不惯胡沙远，但暗忆、江南江北。想佩环、月夜归来，化作此花幽独。　犹记深宫旧事，那人正睡里，飞近蛾绿。莫似春风，不管盈盈，早与安排金屋。还教一片随波去，又却怨、玉龙哀曲。等恁时、重觅幽香，已入小窗横幅。

惟周济纂《宋四家词选》，颇贬抑姜夔，置之于辛弃疾之附庸。其说曰：“白石脱胎稼轩，变雄健为清刚，变驰骤为疏宕。盖二公皆极热中，故气味吻合。辛宽姜窄，宽故容秽，窄故斗硬。”又曰：“北宋词多就景叙情，故珠圆玉润，四照玲珑。至稼轩、白石，一变而为即事叙景，使深者反浅，曲者反直。中略。稼轩郁勃，故情深；白石放旷，故情浅。稼轩纵横，故才大；白石局促，故才小。惟《暗香》《疏影》二词，寄意题外，包蕴无穷，可与稼轩伯仲。余俱据事直书，不过手意近辣耳。”又曰：“白石以诗法入词，门径浅狭，如孙过庭书，但便人模仿。”至谓“白石号为宗工，然亦有俗滥处、寒酸处、补凑处、敷衍处、支处、复处，不可不知”，则未免苛细矣！刘熙载论宋词，亦主辛、姜同一渊源，尝曰：“玉田盛称白石而不甚许稼轩，耳食者遂于两家有轩轾意。不知稼轩之体，白石尝效之矣，集中如《永遇乐》《汉宫春》诸阕均次稼轩韵，其吐属气味皆若秘响相通，何后人过分门户也？”又曰：“白石才子之词，稼轩豪杰之词。才子、豪杰，各从其类爱之，强论得失，皆偏辞也。”王国维则曰：“古今词人格调之高，无如白石。惜不于意境上用力，故觉无言外之味、弦外之响，终不能与于第一流之作者也。”

周济以宽、窄别辛、姜之词格，刘熙载以才子、豪杰别辛、姜之人格，王国维不以第一流作者许白石，似矣。然未若近人胡适以历史之见解，以“诗人之词”与“词匠之词”表示辛、姜异点。盖词至辛弃疾，可谓造极登峰，亦即“诗人之词”之极盛时期。夔之于词，既服膺辛弃疾而兼擅音乐天才，故又从声律上痛下工夫，冀可凌驾前人。胡适谓姜白石乃音乐家，向音律上用工夫，自此以后，词便转到音律之专门技术上。史梅溪、吴梦窗、张叔夏皆精于音律者，不惜牺牲词之内容，迁就音律之和谐，只求音律谐婉，不顾内容之矛盾。此辈既非词人，又非诗人，只可名曰“词匠”耳。依是说，则词匠之宗，固舍姜夔莫属也。毛晋论夔词，称之曰：“裁云缝月之妙手，敲金戛玉之奇声。”斯即“力求其工”“务协于律”之说。王国维亦曰：“读东坡、稼轩词，须观其雅量高致，有伯夷、柳下惠之风。白石虽似蝉蜕尘埃，然终不免局促辕下。”然则称之曰“词匠”，谁曰不宜？

清朱彝尊选辑《词综》，其论姜夔词派曰：“词莫善于姜夔，宗之者，张辑、卢祖皋、史达祖、吴文英、蒋捷、王沂孙、张炎、周密、陈允平、张翥、杨基，皆具夔之一体。基之后，得其门者寡矣！”张翥元人，杨基明人，本书皆不论。自张辑至陈允平，约论于后。其间吴文英、王沂孙二家又皆周济《宋四家词选》所奉为领袖者，张炎为宋词后劲，皆另为后节，论列较详。至高观国一家，《四库总目提要》称其与史达祖同为姜夔羽翼，朱彝尊虽未齿及，兹连类论之。

张辑，鄱阳人，与姜夔为同邑。朱湛庐称其“得诗法于姜，世所传《欸乃集》，皆以为采石月下、谪仙复作，不知其又能词也”。其词集曰《东泽绮语》，皆倚旧腔而别立新名，亦好奇之故也。《草堂诗余》选其《疏帘淡月》一阕，《词品》则称其《垂杨碧》一阕。

卢祖皋与高观国、史达祖齐名，黄升称其“乐章甚工，字字可入律吕”，而冯煦则以为“以史较高，究未能旗鼓相当，惟卢差足与高肩随”。毛晋云：“蒲江词，余喜其‘柳色津头泫绿，桃花渡口啼红’，较之秦七‘莺嘴啄花红溜，燕尾点波绿皱’，不更鲜秀耶？”盖卢为楼钥之甥，学有渊源，尝与永嘉四灵以诗相倡和，故其词之佳处，要在工于雕琢，所谓“字字可入律吕”也。

史达祖为韩侂胄党，《四库总目提要》谓“其人不足道，而其词则颇工”。同时张镃称其“分镳清真，平睨方回，贺铸。而纷纷三变柳永。行辈，不足比数”，推奖未免稍溢。姜夔亦尝称之曰：“梅溪词奇秀清逸，盖能融情景于一家，会句意于两得。”故《四库总目提要》论其词，终谓未可以其人掩其文。后世其以史与姜夔并称者，许昂霄论其高下曰：“白石、梅溪，昔人往往并称。骤阅之，史似胜姜，其实则史少减尧章。

《双双燕·咏燕》（史达祖）

过春社了，度帘幕中间，去年尘冷。差池欲住，试入旧巢相并。还相雕梁藻井。又软语、商量不定。飘然快拂花梢，翠尾分开红影。　芳径。芹泥雨润。爱贴地争飞，竞夸轻俊。红楼归晚，看足柳昏花暝。应自栖香正稳。便忘了、天涯芳信。愁损翠黛双蛾，日日画阑独凭。

昔钝翁尝问渔洋曰：‘王、孟齐名，何以孟不及王？’渔洋答曰：‘孟诗味之，未能免俗耳。’吾于姜、史亦云。”史词如《绮罗香·咏春雨》中云：“临断岸，新绿生时，是落红，带愁流处。”又如《双双燕·咏春燕》中云：“看足柳昏花暝，应自栖香正稳，便忘了天涯芳信。”皆尝为姜夔所称赏。《满江红·书怀》有云：“好领青衫，全不向《诗》《书》中得。三径就荒秋自好，一钱不值贫相逼。”殆亦自怨其降志辱身，作权相堂吏欤！

高观国以词与史达祖叠相酬唱，《四库总目提要》称其旗鼓俱足相当，又曰：“词自鄱阳姜夔句琢字炼，始归醇雅，而达祖、观国为之羽翼。故张炎谓数家格调不凡，句法挺异，俱能特立清新之意、删削靡曼之词。”当时陈造序其词曰：“要是不经人道语，其妙处少游、美成不及也。”其词如《齐天乐·中秋夜怀梅溪》一阕，姜夔称其“徘徊宛转，交情如见”。《古今词话》谓：“观国精于咏物，其佳者工而入逸，婉而多讽。”刘熙载则谓：“高竹屋词争驱白石，然嫌多绮语。”

周济《宋四家词选》于卢、高、史三家，皆列为附庸，其说曰：“竹屋、高。蒲江卢。并有盛名。蒲江窘促，等诸自桧；竹屋径径，亦凡响耳。”其论史达祖则曰：“梅溪好用偷字，品格便不高。”又曰：“竹屋得名最盛，而其词亦无可观，当由社中标榜而成耳！”周济持论多异恒人，聊备一说而已。

蒋捷、周密、陈允平皆生于南宋末造，其词皆不能免于亡国之音矣。蒋捷之词，《四库总目提要》称“其词炼字精深，调音谐畅，为倚声家之榘矱”，毛晋则曰：“竹山词语语纤巧，字字妍倩。”又谓其有《世说》之靡，六朝之喻，且比之二李、二晏、美成、尧章。而周济则曰：“竹山薄有才情，未窥雅操。”又曰：“竹山有俗骨，然思力沉透，可以起懦。”冯煦亦病其全集中多有可议者，又好用俳体，不可谓正轨云。

周济于周密之词推崇甚至，其说曰：“公谨敲金戛玉，嚼雪盥花，新妙无与为匹。”又曰：“公谨只是词人，颇有名心，未能自克，故虽才情诣力，色色绝人，终不能超然遐举。”又病其“立意不高，取韵不远”，谓当与张炎抗行，未可方驾王沂孙、吴文英云。密编《绝妙好词》，选料简甚精，去取甚严，宋词之零玑碎玉皆赖以存，在词选中最为善本。至密词佳者，如《玉漏迟·题吴梦窗〈霜花腴词集〉》一阕，缠绵深至，可泣可歌，新妙悲凉，兼而有之。戈载选宋七家词，周密与焉，称其词曰：“草窗词尽洗靡曼，独标清丽，有韶倩之色，有绵渺之思。”盖与周济之说相同。

陈允平词，张炎称其“平正亦有佳者，盖不失为和平婉丽”，而周济则訾之为馆阁词，谓其“疲软凡庸，无有是处”，盖未可与蒋、周并论。朱彝尊齿之于姜派，或偶得姜词之一体耳。

第九节　吴文英、王沂孙、张炎

吴文英、王沂孙二家，皆周济所奉为宋词人之领袖者也，其称吴文英曰：“梦窗奇思壮采，腾天潜渊，返南宋之清泚，为北宋之秾挚。”又称其“立意高，取径远，皆非余子所及”。文英在当时，号称能词，或以与周邦彦并论，而张炎则曰：“梦窗词如七宝楼台，眩人眼目，碎拆下来不成片段。”盖吴之未易与周邦彦比肩者，惟此之故。近人胡适谓周乃诗人而兼音乐家，吴能制曲调声而非诗人。《梦窗四稿》之词，几无一首非用典故与套语堆砌而成者。《四库总目提要》则曰：“文英及与姜夔、辛弃疾游，唱和具载集中。中略。其词则卓然南宋一大宗。中略。其天分不及周邦彦，而研炼之功则过之。词家之有文英，亦如诗家之有李商隐也。”戈载《宋七家词选》亦及文英，称之曰：“貌观之，雕缋满眼，而实有灵气行乎其间。中略。犹之玉溪生之诗，藻采组织而神韵流转，旨趣永长，未可妄讥其獭祭也。”冯煦亦曰：“梦窗之词丽而则，幽邃而

《眉妩·新月》（王沂孙）

渐新痕悬柳，淡彩穿花，依约破初暝。便有团圆意，深深拜，相逢谁在香径。画眉未稳，料素娥、犹带离恨。最堪爱、一曲银钩小，宝帘挂秋冷。　千古盈亏休问。叹慢磨玉斧，难补金镜。太液池犹在，凄凉处、何人重赋清景。故山夜永。试待他、窥户端正。看云外山河，还老尽、桂花影。

绵密，脉络井井，而卒然不能得其端倪。”盖后世词人，论宋词各有主奴之见，周济、戈载、冯煦皆推崇吴文英，其不取吴文英者，今有胡适，前则有张惠言，即周济亦讥其为王沂孙门径所限焉。

周济之称王沂孙曰：“烦心切理，言近指远，声容调度，一一可循。”又曰：“最多故国之感，故著力不多，天分高绝，所谓意能尊体也。”张惠言亦曰：“其咏物词并有君国之忧，《眉妩》喜君有恢复之志，而惜无贤臣也；《高阳台》伤君臣宴安，不思国耻，天下将亡也；《庆清朝》言乱世尚有人才，惜世不用也。”周济又称其善于咏物曰：“咏物最争托意，隶事处以意贯串，浑化无痕，碧山胜场也。”近人胡适于此说则大加訾议，谓碧山词实无足取，咏物诸词，至多不过是晦涩之灯谜耳，无文学价值。又谓王沂孙曾食元禄，不可称为遗民遗老。胡氏盖以“词匠”视王沂孙，故贬抑之尤甚于评吴文英焉。戈载《宋七家词选》，王沂孙亦其一家也，载称之曰：“运意高远，吐韵妍和。中略。真白石之入室弟子也！”是亦无异于张惠言、周济诸家之说也。

张炎之生，先于宋室之沦亡才二十九年耳。其六世祖俊有功宋室，祖含、父枢皆工于文。炎幼承家学，又与当时词家往来，商榷音律，用功逾四十年。著《词源》一书，专讲词之作法，于炼字造句用事，诸极雕琢之能事，故能卓然成为宋末元初一大词人。

胡适于吴文英、王沂孙、张炎之词，尝谓词至宋末，已成末运。吴文英、王沂孙一派之咏物词、古典词成为正宗，词家所讲者，只是如何能刻画事物，如何能使用古典，如何能调协音律。试观张炎之《词源》，便知当时词人所注重者，全属技术上之末节。词本从乐歌变化而出，但渐离音乐，成为文学新体。苏轼、辛弃疾诸人沿此方向进行，姜夔、吴文英、张炎、王沂孙等又将渐离音乐之词使反于音乐，宁牺牲词之意思迁就词之音律，不肯放松音律保存词之情意，于是词即成为少数专家之技术而非有生气之文学矣。胡氏以为词至宋末，将受淘汰于新起之曲，故有斯说。简言之，即谓词至苏、辛既已渐渐脱离音乐，则其后姜夔一派即不当再从音律上用工夫。而自姜夔至张炎诸人，于词虽穷极工细，终不过为“词匠之词”。有宋三百年之词，乃不幸而为退化之结局耳。

张炎以咏物词著称于时，颇有工者。而胡适终讥其十分用气力之刻画，且以为从文学史之观点观之，至多不过是初学

《高阳台·西湖春感》（张炎）

接叶巢莺，平波卷絮，断桥斜日归船。能几番游？看花又是明年。东风且伴蔷薇住，到蔷薇、春已堪怜。更凄然，万绿西泠，一抹荒烟。　当年燕子知何处？但苔深韦曲，草暗斜川。见说新愁，如今也到鸥边。无心再续笙歌梦，掩重门、浅醉闲眠。莫开帘。怕见飞花，怕听啼鹃。

技术工夫，拈题咏物，刻意形容，离开意境与情感，只是工匠之手艺而已。至向来推崇张炎之说，则有楼敬思所谓“南宋词人，姜白石外惟张玉田能以翻笔、侧笔取胜，其章法句法俱超，清虚骚雅，所谓脱尽蹊径，自成一家。”戈载曰：“玉田之词，郑所南称其‘飘飘徵情，节节弄拍’，仇山村称其‘意度超玄，律吕协洽’，真是词家之正宗！填词者必由此入手，方为雅音。”盖张炎亦戈载所选宋七家词之一也。惟周济于张炎则有微词，其说曰：“玉田近人所最尊奉，才情诣力亦不后诸人，终觉积谷作米，把缆放船，无开阔手段。然其清绝处，自不易到。”又曰：“玉田才本不高，专恃磨砻雕琢，装头作脚，处处妥当，后人翕然宗之。”又曰：“玉田所以不及前人处，只在字句上着工夫，不肯换意。若其用意佳者即字字珠辉玉映，不可指摘。”此与近人胡适之说，若可相通。胡适虽薄张炎为“词匠”，但亦取其《高阳台·西湖春感》一阕，谓其“意境情感，尚与音节和美相称”。而宋名家词评，尤称其《台城路》感旧一词，比之于杜诗、韩笔。至其小令之佳者，亦往往逼近《花间》，盖不失为有宋词人之后劲也。

第十节　南宋词人补遗

康与之当宋室渡江初，以词受知高宗。凡中兴粉饰治具及慈宁归养、两宫欢集，必假其歌咏，故应制之词为多。其立朝颇附秦桧，世鄙其人，遂以其词比柳永。沈义父云：“康伯可、柳耆卿音律甚协，句法亦多有好处，然未免有鄙俗语。”以康之阿附权臣，宜其不能免俗。至其清词丽句，如《满庭芳·寒夜》一阕，亦可见其才调。

赵鼎，中兴名臣，勋业冠世，而其词婉丽不减《花间》。如“香冷金猊，梦回鸳帐”“余香嫩，更无人间，一枕江南恨”等句，与晏叔原、秦少游之作，殆无异致。

李邴、汪藻、楼钥，《小学绀珠》所称为南渡三词人者也。邴少作《汉宫春》词，有云“问玉堂何似茅舍疏篱”，颇传人口。其《玉楼春》咏美人书字一阕，有云：“云情散乱未成篇，花骨欹斜终带软。”《词品》称其新美可喜，其词盖亦以纤丽擅场者。

汪藻以四六文著，楼钥则究心于实学，以经世文擅名一时，词皆非所长。其与李邴同称南渡三词人者，殆未必以其作品为准则也。

陈克，绍兴中立官于朝，称其词者，以丽晏、周。至周济则称其“韵格绝高，晏氏父子俱非其敌。以方美成，则又拟于不伦”。其《菩萨蛮》调：“几处簸钱声，绿窗香梦轻。”《谒金门》调：“檀炷绕窗灯背壁，画檐残雨滴。”殊觉香倩，盖《花间》一派本色也。

张抡，南渡故老，好填词。应制之作极其华艳，每进一词，即播诸丝竹。尝与曾觌、吴琚辈进《柳梢青》词诸阕，赐赉甚渥。

周必大有《点绛唇》词赠歌者小琼，后段云：“见了还非，重理霓裳舞。虽无误，几年一遇，莫讶周郎顾。”周官孝宗朝，封益国公，而制词如此，儒雅、风流殆兼之矣。

张孝祥词，毛晋称其《六州歌头》诸曲，骏发踔厉，寓以诗人句法者也。冯煦谓其：“忠愤之气随笔涌出，并足唤醒当时聋聩，正不必论词之工拙。”《词林纪事》引汤衡云：“于湖平昔为词未尝著稿，笔酣兴健，顷刻即成。初若不经意，反复究观，未有一字无来处。”殆极才人之能事也已。

韩元吉，吕祖谦外甥也，黄升称其文学“为一代冠冕”。元吉每与张孝祥、陆游、辛稼轩诸人相赠答，颇为疏狂豪放之作。其小令之纤丽者，亦未脱《花间》面目。

张镃，词豪侈而有清尚，周密《武林旧事》记其佳话甚多。其词如《念奴娇》咏千叶海棠、《满庭芳》咏促织，皆能刻画入神。

曾觌亦东都故老，词多感慨，惜其邪佞不足称，与张抡辈应制倚声，志在铺张，故多雄丽之作。黄升谓其《金人捧露盘》《忆秦娥》等曲，凄然有《黍离》之感，殆亦阿于时而然也。

韩玉尝与辛弃疾、康与之相酬唱。毛晋诋之曰：“虽与康、辛唱和，其相去不止苎萝、无盐。”《四库总目提要》则曰：“今观其词，虽庆贺诸篇不免俗滥，中略。《感皇恩》《减字木兰花》《贺新郎》诸作，未尝不凄清宛转。”

张元干尝作《贺新郎》词送胡铨谪新州，又尝有词寄李纲，皆慷慨悲凉，数百年后尚想其抑塞磊落之气。此外诸作则清丽婉转，《四库总目提要》称其“与秦观、周邦彦可以肩随”，故《花庵》《草堂》所选者，皆极妩秀之致，殆其本来面目如此也！

侯寘为晁氏甥，有元祐旧家流风余韵。其词婉约娴雅，虽名不甚著，而在南宋诸家之中，要不能不推为作者。

扬无咎人品甚高，秦桧擅国时耻于依附，屡征不起，以能画墨梅掩其文名。而词格殊工，实南宋初一作家矣。

王千秋词体本《花间》，而出入于东坡门径，风格秀拔，要自不杂俚音。毛晋讥其词多酬贺之作，又评其绝少绮艳。《四库总目提要》力辟其误，以为南渡之后，亦卓然一作手也。

杨炎正，字济翁，或误作杨炎，字止济翁。考之《稼轩词》中，屡有与杨济翁赠答之作，及厉鹗所考证，当以名“炎正”为是。其词因辛弃疾而作者，颇具纵横排奡之气。虽不足敌弃疾，而屏绝纤秾，自抒清俊，要非俗艳所可拟。《四库总目提要》称之如此。

洪咨夔之词，尝以才艺自负，而为时相所忌，一官十年不调。《四库总目提要》称其："淋漓激壮，多抑塞磊落之感，颇有似稼轩、龙洲者。"冯煦则曰："平斋工于发端，其《沁园春》凡四首，起笔皆有振衣千仞气象，惜其下并不称。"岂限于才思耶?

赵长卿，宋宗室子也。恬于仕进，觞咏自娱，随意成词，多得淡远萧疏之致。虽音律间有不协处，固未易掩其所长也。

黄机之词，与岳珂唱酬者居多。珂乃飞孙，忠义之后，故机所赠词皆沉郁苍凉，不复作草媚花香之语。亦尝有寄辛弃疾之作，而其词格与辛殊不相及，大体平易近人而已。

毛开以工词名当时，王木叔题其词集，有云："或病其诗文视乐府颇不逮。"盖当时定论如此也。其《满江红·泼火初收》一阕，清丽芊眠，杨慎特为激赏。

黄公度之词，传于世者颇多寄托，洪迈称之曰："宛转清丽，读者咀嚼于齿颊而不能已。"曾丰则曰："清而不激，和而不流。"其词集，每词之中有子沃所附跋语，详记本事，殆他家词集所未有也。

戴复古为陆游门人，诗词皆有师承。《四库总目提要》称其："音韵天成，不费斧凿。中略。以诗为词，时出新意，无一语蹈袭也。"陆游乃辛派词人，戴复古之词，粗豪处亦与辛弃疾相近。

黄升有《花庵词选》，前十卷曰"唐宋诸贤妙词选"，后十卷曰“中兴以来绝妙词选”。二书评骘词人，时中肯綮。其自作之词，《四库总目提要》谓可“上逼少游，近摹白石”。盖不事雕饰而才拙于情，不失为姜夔一派之末流也。

朱淑真，南宋之女词人也。世或以与李清照并举，而高下工拙，殆未可同日语。其词多写忧怨而已。

朱淑真
——从清乾隆三十八年（1773）刊本《历朝名媛诗词》

以上自康与之至朱淑真，凡二十五家。夫宋室南渡，迄于灭亡，才百数十年耳。词坛树帜，号称大家者，如前文各节所述，已可见其胜概。其尚可自名一家，未可置而不述者，犹若是其夥。而总计南宋词人，见于黄升《中兴以来绝妙词选》者八十九人，见于周密《绝妙好词选》者又多至百有三十二人焉。词之独盛于两宋，至南渡以后，不已崇极矣乎？物极必反，故宋之亡即词之敝，承敝易变，是惟元、明之南北曲，而宋之文坛亦已萌其端矣。具如下章所论。

第六章

宋之戏曲

第一节　词与曲之递嬗

词之进而为曲，就体制言，自简单而趋于繁复；就其可兴可观之效用言，则自少数士子而广被于平民，所谓文学民众化也。刘熙载曰："曲之名近古矣。近世所谓曲者，乃金、元之北曲，及后复溢为南曲者也。未有曲时，词即是曲；既有曲时，曲可悟词。苟曲理未明，词亦难独善矣。"此又从修辞学而论词与曲之未易显分畛域也。昔人谓金、元所用之乐，嘈杂凄紧，缓急之间，词不能按，乃更为新声，故曲亦济词之穷者也，是固然已。惟词之蜕为变曲，北宋承平时已见其端，盖受当时优人演滑稽戏及诸色伎艺人等演史、说诨话之影响，其所表演之事实与意义非简单之词调所能赅括，于是乎繁其文以演述之，遂变词为曲。后来胡乐被于中原，而戏曲之体制乃大定耳。

王国维云："宋之歌曲，其最通行而为人人所知者，是为词。中略。宋人宴集，无不歌以侑觞，然大率徒歌而不舞，其歌亦以一阕为率，其有连续歌此一曲者，如欧阳公之《采桑子》凡十一首，赵德麟之商调《蝶恋花》凡十首。一述西湖之胜，一咏会真之事，皆徒歌而不舞，其所以异于普通之词者，不过重叠此曲以咏一事而已。”此词进于曲之渐也。

然元代北曲盛行之后，词之被于管弦，仍为乐工所不废。按杨朝英《乐府新编阳春白雪》前集，首列大乐，著录晏叔原、苏东坡、邓子江、吴彦高、辛稼轩、柳耆卿、朱淑真、蔡伯坚、张子野诸人所撰《念奴娇》《蝶恋花》《鹧鸪天》《摸鱼子》《雨霖铃》《天仙子》《生查子》等词。盖其时尚与新声并行于世，此又词变为曲而词与音乐之关系尚未遽替之证也。若曲谱与词同者亦不乏其例，要之，同一途径耳。

词变为曲，托体稍卑，搢绅先生渐罕言之，故宋、元两朝史志及清《四库》集部均不著于录。儒硕既鄙弃不复道，而为此学者大率以余力及此，亦未有能观其会通、窥其奥窔者，遂使足以代表一时代之一种文学，郁堙沉晦且数百年。至王国维读元人杂剧而善之，乃究其渊源，明其变化之迹，以为非求诸唐、宋、辽、金之文学弗能得也。既著《曲录》《戏曲考原》《唐宋大曲考》等书，从事既久，续有所得，复成《宋元戏曲史》一书，其自序谓：“凡诸材料皆余所搜集，其所说明亦大抵余之所创获也。世之为此学者自余始，其所贡于此学者亦以此书为多，非吾辈才力过于古人，实以古人未尝为此学故也。”本章所述，大抵本于王氏，盖亦未易有所增益云。

第二节　乐曲之种类

据王国维氏考定，宋代乐曲，自简单之词渐趋繁复者凡有数种。其歌舞相兼而仅以一曲反复歌之者，曰传踏；其遍数较多而仍限于一曲者，曰大曲；其少变大曲之例者，曰曲破；合数曲而成一乐者，曰诸宫调；取一宫调之曲若干以成一体者，曰赚词。兹就王氏原书，节叙于次：

（一）传踏　传踏之名，见于曾慥《乐府雅词》，即《碧鸡漫志》之所云“转踏”，又即《梦粱录》之所云“缠达”。恒以一曲连续歌之，每一首咏一事，共若干首则咏若干事。然亦有合若干首而咏一事者，《碧鸡漫志》谓石曼卿作《拂霓裳》转踏，述开元、天宝遗事，是也。其曲调，唯《调笑》一调用之最多。此种词前有“勾队词”，后以一诗、一曲相间，终以“放队词”，则亦用七绝。此宋初体格如此，然至汴宋之末则其体渐变，《梦粱录》：“在京时，只有缠令、缠达。有引子、尾声为缠令，引子后只有两腔，迎互循环，间有缠达。”此缠达之音与传踏同，其为一物无疑也。《梦粱录》所云与上文之传踏相比较，其变化之迹显然。盖勾队之词变而为引子，放队之词变而为尾声，曲前之诗，后亦变而用他曲，故云“引子后只有两腔，迎互循环”也。今缠达之词皆亡，唯元剧中正宫套曲，其体例全自此出。传踏之制，以歌者为一队，且歌且舞，以侑宾客。宋时有与此相似或同实异名者，是为队舞。《宋史·乐志》：“队舞之制，其名各十。小儿队凡七十二人，一曰柘枝队、二曰剑器队、三曰婆罗门队、四曰醉胡腾队、五曰诨臣万岁乐队、六曰儿童感圣乐队、七曰玉兔浑脱队、八曰异域朝天队、九曰儿童解红队、十曰射雕回鹘队；女弟子队凡一百五十三人，一曰菩萨蛮队、二曰感化乐队、三曰抛球乐队、四曰佳人剪牡丹队、五曰拂霓裳队、六曰采莲队、七曰凤迎乐队、八曰菩萨献香花队、九曰彩云仙队、十曰打球乐队。”其装饰各由其队名而异，如佳人剪牡丹队则衣红生色砌衣，戴金冠、剪牡丹花，采莲队则执莲花，献花队则执香花盘。其舞未详，其曲宋人或取以填词。其中有拂霓裳队，而《碧鸡漫志》谓石曼卿作《拂霓裳》传踏，恐与传踏为一，或为传踏所自出也。

（二）曲破　宋时舞曲，尚有曲破。《宋史·乐志》：“太宗洞晓音律，制曲破二十九。”此在唐五代已有之，至宋时又藉以演故事，史浩《鄮峰真隐漫录》之剑舞即是也。其乐有声无词，且于舞踏之中寓以故事，颇与唐之歌舞戏相似。而其曲中有破有彻，盖截大曲“入破”以后用之也。

（三）大曲　大曲自南北朝已有此名，南朝大曲则清商三调中之大曲，《宋书·乐志》所载者是也。北朝大曲则《魏书·乐志》言之而不详。至唐而雅乐、清乐、燕乐、西凉、龟兹、安国、天竺、疏勒、高昌乐中均有大曲，见《大唐六典》卷十四协律郎条注。然传于后世者唯胡乐大曲耳。其名悉载于《教坊记》，而其词尚略存于《乐府诗集·近代曲辞》中，宋之大曲即自此出。教坊所奏凡十八调、四十大曲，《文献通考》及《宋史·乐志》具载其目。此外亦尚有之，故又有五十大曲及五十四大曲之称。其曲辞之存于今日者，有董颖《薄媚》《乐府雅词》卷上。曾布《水调歌头》、王明清《玉照新志》卷二。史浩《采莲》。《鄮峰真隐漫录》卷四十五。三曲稍长，然亦非其全遍，其中间一二篇则于宋词中间遇之。大曲遍数多至一二十，其各遍之名，则唐时有排遍、入破、彻。《乐府诗集》卷七十九。而排遍、入破又各有数遍；彻者，入破之末一遍也。宋大曲，则王灼谓：“凡大曲，有散序、靸、排遍、攧、正攧、入破、虚催、实催、衮遍、歇拍、杀衮始成一曲，谓之‘大遍’。”沈括亦云：“所谓‘大遍’者，有序、引、歌、歙、嗺、哨、催、攧、衮、破、行、中腔、踏歌之类，凡数十解。”沈氏所列各名与现存大曲不合，王说近之。惟攧后尚有延遍，实催前尚有衮遍，而散序与排遍均不止一遍，排遍且多至八九。故大曲遍数往往至于数十，唯宋人多裁截用之，即其所用者亦以声与舞为主，而不以词为主，故多有声无词者。自北宋时葛守诚撰四十大曲，而教坊大曲始全有词。然南宋修内司所编《乐府混成集》，大曲一项凡数百解，有谱无词者居半，周密《齐东野语》卷十。则亦不以词重矣。其攧、破、催、衮，以舞之节名之。此种大曲，遍数既多，自于叙事为便，故宋人咏事多用之。如董颖《薄媚》，其一例也。惟其遍数之多，虽便于叙事，而动作皆有定则，欲以完全演一故事，固非易易。且现存大曲皆为叙事体，而非代言体。即有故事，要亦为歌舞戏之一种，未足以当戏曲之名也。

（四）诸宫调　至合数曲而成一乐者，唯宋鼓吹曲中有之。宋大驾鼓吹，恒用《导引》《六州》《十二时》三曲，梓宫发引则加《祔陵歌》，虞主回京则加《虞主歌》，各为四曲。南渡后郊祀，则于《导引》《六州》《十二时》三曲外，又加《奉禋歌》《降仙台》二曲，共为五曲。合曲之体例始于鼓吹见之，若求之通常乐曲中，则合诸曲以成全体者实自诸宫调始。诸宫调者，小说之支流而被之以乐曲也，《碧鸡漫志》云：“熙宁、元丰间，泽州孔三传始创诸宫调古传，士大夫皆能诵之。”《梦梁录》云：“说唱诸宫调，昨汴京有孔三传，编成传奇灵怪，入曲说唱。”《东京梦华录》记崇观以来瓦舍伎艺，有孔三传《耍秀才》诸宫调，《武林旧事》所载诸色伎艺人诸宫调传奇，有高郎妇等四人，则南北宋均有之。今其词尚存者，唯金董解元之《西厢》耳。董解元《西厢》，胡元瑞、焦理堂、施北研笔记中均有考订，讫不知为何体，沈德符《野获编》且妄以为金人院本模范，今考之，确为诸宫调无疑。观陶南村《辍耕录》谓金章宗董解元所编《西厢记》时代未远，犹罕有人能解之。则后人不识

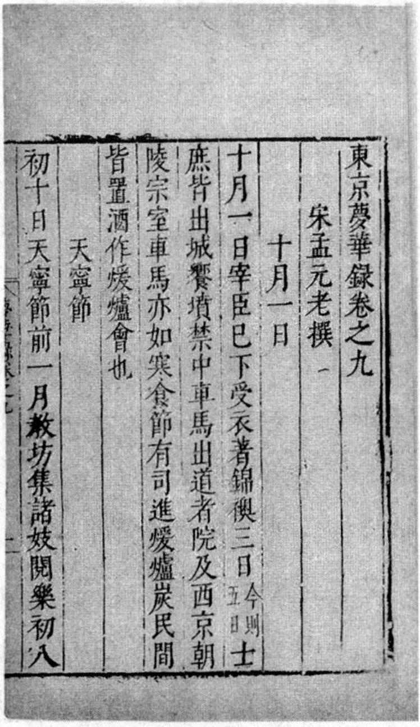
東京夢華録卷之九
宋孟元老撰
十月一日
十月一日宰臣已下受衣著錦襖三日今則五日士
庶皆出城饗墳禁中車馬出道者院及西京朝
陵宗室車馬亦如寒食節有司進煖爐炭民間
皆置酒作煖爐會也
天寧節
初十日天寧節前一月教坊集諸妓閱樂初八

《东京梦华录》书影

此体，固不足怪也。此编之为诸宫调有三证，本书卷一《太平赚》词云："俺平生情性好疏狂，疏狂的情性难拘束。一回家想么，诗魔多爱选多情曲。比前贤乐府不中听，在诸宫调里却着数。"此开卷自叙作词缘起，而自云"在诸宫调里"，其证一也。元凌云翰《柘轩词》有《定风波》词赋崔莺莺传，云："翻残金旧日诸宫调本，才入时人听。"则金人所赋西厢词自为诸宫调，其证二也。此书体例，求之古曲无一相似，独元王伯成《天宝遗事》见于《雍熙乐府》《九宫大成》所选者，大致相同，而元钟嗣成《录鬼簿》于王伯成条下注云："有《天宝遗事》诸宫调行于世。"王词既为诸宫调，则董词之为诸宫调无疑，其证三也。其所以名"诸宫调"者，则由宋人所用大曲传踏不过一曲，其在同一宫调中甚明，唯此编每宫调中多或十余曲，少或一二曲，即易他宫调合若干宫调以咏一事，故谓之"诸宫调"。此于叙事最为便利。盖大曲等先有曲而后人借以咏事，此则制曲之始本为叙事而设，故宋、金杂剧院本中后亦用之，非徒供说唱之用而已。

（五）赚词　诸宫调之外又有赚词。赚词者，取一宫调之曲若干，合之以成一体。此体久为世人所不知。案《梦粱录》"绍兴年间有张五牛大夫，因听动鼓板中有《太平令》或赚鼓板，即今拍板大节抑扬处是也，遂撰为赚。赚者，误赚之之义，正堪美听中，不觉已至尾声，是不宜为片序也。又有覆赚，其中变花前月下之情及铁骑之类"云云。是唱赚之中亦有敷演故事者，今已不传。其常用赚词今可于《事林广记》考见之，其前且有《唱赚规例》，惟不著其为何时人所作。考之他书，则当出南渡之后。词前有《遏云要诀》，“遏云”者，南宋歌社之名。按《武林旧事》“二月八日为相川张王生辰，霍山行宫朝拜极盛，百戏竞集，如绯绿社（杂剧）、齐云社（蹴球）、遏云社唱赚。等”云云。《梦粱录》“社会”条下亦载之。今其词之首有《遏云要诀》《遏云致语》，又云唱赚、道赚，而词中又有赚词，则为宋遏云社所唱赚词无疑也。所唱之曲，题为“圆社市语”。“圆社”谓蹴球，《事林广记》戌集“圆社摸场”条，起四句云：“四海齐云社，当场蹴气球。作家偏著所，圆社最风流。”今曲题如此，而曲中所使皆蹴球家语，则圆社为齐云社无疑。以遏云社之人，唱齐云社之事，谓非南宋人所作不可也。其词自结构观之则似北曲，自其曲名则疑为南曲。盖其用一宫调之曲，颇似北曲套数。其曲名，则《缕缕金》《好孩儿》《越恁好》三曲，均在南曲中吕宫，《紫苏丸》则在南曲仙吕宫，北曲中无此数调，《鹘打兔》则南北曲皆有，唯皆无《大夫娘》一曲。盖南北曲之形式及材料，在南宋已全具矣。《事林广记》所载之词，王氏《宋元戏曲史》具录原文，今从略。

第三节　滑稽戏及其他

戏剧之构成有三要素焉。颠末悉具之本事，一也；被于管弦赴节和声之歌辞，二也；与歌辞相间之舞蹈，三也。上节所述，乃宋代乐曲之种类，即被于管弦赴节和声之歌辞也。舞蹈之术，粉墨登场者之所从事，兹不赘及。其颠末悉具之本事，据王国维考定，大致分为两种。其托故事以讽时事，不必尽符事实。而以所含之意义为主者，曰滑稽戏；其以表演事实为主者，曰小说杂戏。此二者后与乐曲、舞蹈相融合，而戏剧之体裁乃具。兹节录王氏所论述，以见其梗概，欲窥其详则有王氏原书在。

（一）滑稽戏　王氏谓滑稽戏始于开元而盛于晚唐，李义山《骄儿》诗所云："忽复学参军，按声唤苍鹘。""参军"者，脚色之主。与之对待者，则为"苍鹘"。入宋以后，流变渐繁。其寻常玩讽以博欢笑者，有如刘攽《中山诗话》所记：

> 祥符、天禧中，杨大年、钱文僖、晏元献、刘子仪以文章立朝，为诗皆宗李义山，后进多窃义山语句。尝内宴，优人有为义山者，衣服败裂，告人曰："吾为诸馆职挦扯至此。"闻者欢笑。

又如王辟之《渑水燕谈录》所记：

> 顷有秉政者，深被眷倚，言事无不从。一日，御宴，教坊杂剧为小商，自称姓赵，以瓦瓿卖沙糖。道逢故人，喜而拜之，伸足误踏瓿倒，糖流于地。小商弹采叹息曰："甜采，你即溜也怎奈何。"左右皆笑。俚语以王姓为甜采。

若其因戏语而箴讽时政，有合于古瞍诵工谏之义者，则有如洪迈《夷坚志》所称述者：

蔡京作宰，弟卞为元枢。卞乃王安石婿，尊崇妇翁，当孔庙释奠时，跻于配享而封舒王。优人设孔子正坐，颜、孟与安石侍侧。孔子命之坐，安石揖孟子居上，孟辞曰："天下达尊，爵居其一。轲近蒙公爵，相公贵为真王，何必谦光如此？"遂揖颜，曰："回也陋巷匹夫，平生无分毫事业。公为命世真儒，位貌有间，辞之过矣。"安石遂处其上。夫子不能安席，亦避位，安石惶惧拱手，云"不敢"。往复未决，子路在外情愤不能堪，径趋从礼室，挽公冶长臂而出。公冶为窘迫之状谢曰："长何罪？"乃责数之曰："汝全不救护丈人，看取别人家女婿！"其意以讥卞也。时方议欲升安石于孟子之上，为此而止。

又如曾敏行《独醒杂志》所记：

崇宁二年铸大钱，蔡元长建议俾为折十，民间不便。优人因内宴，为卖浆者或投一钱饮一杯而索偿其余。卖浆者对以："方出市未有钱，可更饮浆。"乃连饮至于五六，其人鼓腹曰："使相公改作折百钱，奈何？"上为之动，法由是改。又大农告乏时，有献廪俸减半之议。优人乃为衣冠之士，自束带衣裾，被身之物辄除其半，众怪而问之，则曰："减半。"已而两足共穿半裤，躄而来前，复问之，则又曰："减半。"乃长叹曰："但知减半，岂料难行？”语传禁中，亦遂罢议。

若夫表演于稠人广座，触权奸之怒，致伶人下狱论死者，则有如岳珂《桯史》所记：

> 秦桧以绍兴十五年四月丙子朔赐第望仙桥。丁丑，赐银绢万匹两、钱千万、彩千缣，有诏就第赐燕，假以教坊优伶，宰执咸与。中席，优长诵致语，退，有参军者前，褒桧功德，一伶以荷叶交椅从之。诙语杂至，宾欢既洽，参军方拱揖谢，将就椅，忽坠其幞头，乃总发为髻，如行伍之巾，后有大巾镮为双叠胜。伶指而问曰：“此何镮？”曰：“二圣镮。”遽以朴击其首曰：“尔但坐太师交椅，请取银绢例物，此镮掉脑后可也！”一坐失色。桧怒，明日下伶于狱，有死者，于是语禁始益繁。

亦有缘此以姗侮君子者，如罗大经《鹤林玉露》所记：

> 端平间，真西山参大政，未及有所建置而薨。魏鹤山督师，亦未及有所设施而罢。临安优人装一儒生，手持一鹤，别一儒生与之解后，问其姓名，曰：“姓钟名庸。”问所持何物，曰：“大鹤也。”因倾盖欢然，呼酒对饮，其人大嚼洪吸，酒肉靡有孑遗。忽颠仆于地，群数人曳之不动，一人乃批其颊大骂曰：“说甚《中庸》《大学》，吃了许多酒食，一动也动不得。”遂一笑而罢。或谓其为

此以姗侮君子者，府尹乃悉黥其人。

当北宋时，滑稽剧亦盛行于辽，《宋史·孔道辅传》：“道辅奉使契丹，契丹宴使者，优人以文宣王为戏，道辅艴然径出。”又邵伯温《闻见前录》：“潞公谓温公曰：‘吾留守北京，遣一人入大辽侦事回，云见辽主大宴群臣，伶人剧戏作衣冠者，见物必攫取怀之。有从其后以挺朴之者曰，司马端明耶！君实清名在夷狄如此？’温公愧谢。”金既代辽，此风弥甚，而北曲之体制渐完矣。宋室南渡之后，南方杂剧流行亦广，朱熹鄙视当时诗派，尝以村里杂剧为喻。明祝允明《猥谈》云：“南戏出于宣和之后，南渡之际谓之‘温州杂剧’。”

王国维云：“此种滑稽剧，宋人亦谓之杂剧，或谓之杂戏。吕本中《童蒙训》曰：‘作杂剧者，打猛诨入，却打猛诨出。’吴自牧《梦粱录》亦云：‘杂剧全用故事，务在滑稽。’中略。是宋人杂剧固纯以诙谐为主，与唐之滑稽剧无异，但其中脚色较为著明而布置亦稍复杂，然不能被以歌舞，其去真正戏剧尚远。故欲知宋、元戏剧之渊源，不可不兼于他方面求之也。”他方面者，即前节所述之乐曲、次节所述之各种杂戏及次章所述之小说是已。

（二）小说杂戏　小说亦宋代新兴文学之一大宗，其源流详见后章，王氏谓：“其发达之迹虽略与戏曲平行，而后世戏剧之题目多取诸此，其结构亦多依仿为之，所以资戏剧之发达者，实不少也。”是小说与乐曲二者之融为戏剧，犹之章、贡二水汇为赣江。文学体制之迁变，宜其然也。此外足以资戏剧之完成者，尚有傀儡、影戏、三教、讶鼓、舞队各种，皆当时之支流别派，后来同归于戏剧之海者也。

（甲）傀儡　傀儡起于周季。《列子》以偃师刻木人事为在周穆王时，或系寓言。然谓列子时已有此事，当不诬也。汉唐载籍，关于此事，多有可考。至宋而傀儡最盛，种类亦最繁，有悬丝傀儡、走线傀儡、杖头傀儡、药发傀儡、肉傀儡、水傀儡各种。见《东京梦华录》《武林旧事》《梦粱录》。《梦粱录》云："凡傀儡，敷衍烟粉、灵怪、铁骑、公案、史书、历代君臣将相故事、话本，或讲史，或作杂剧，或如崖词。中略。大抵弄此，多虚少实，如巨灵神、朱姬大仙等也。"则宋时此戏，实与戏剧同时发达，其以敷衍故事为主，且较胜于滑稽剧，此于戏剧之进步上不能不注意也。

（乙）影戏　傀儡之外，似戏剧而非真戏剧者，尚有影戏。此则自宋始有之。《事物纪原》云："宋朝仁宗时，市人有能谈三国事者，或采其说，加缘饰作影人，始为魏吴蜀三分战争之象。"《东京梦华录》所载京瓦伎艺，有影戏、有乔影戏，南宋尤盛。《梦粱录》云："有弄影戏者，元汴京初以素纸雕簇，自后人巧工精，以羊皮雕形，以绿色装饰，不致损坏。中略。其话本与讲史书者颇同，大抵真假相半。公忠者雕以正貌，奸邪者刻以丑形，盖亦寓褒贬于其间耳。"然则影戏之为物，专以演故事为事，与傀儡同，此亦有助于戏剧之进步者也。

（丙）三教　《东京梦华录》云："十二月即有贫者三教人，为一火，装妇人神鬼，敲锣击鼓，巡门乞钱，俗呼为夜胡。"

（丁）讶鼓　《续墨客挥犀》云："王子醇初平熙河，

边陲宁静，讲武之暇，因教军士为讶鼓戏，数年间，遂盛行于世。其举动舞装之状与优人之词，皆子醇初制也。或云，子醇初与西人对阵，兵未交，子醇命军士百余人装为讶鼓队，绕出军前。虏见皆愕眙，进兵奋击，大破之。”《朱子语类》亦云：“如舞讶鼓，其间男子、妇人、僧道、杂色无所不有，但都是假的。”

（戊）舞队　《武林旧事》所纪舞队，全与前二者相似，其装作种种人物，或有故事，所以异于戏剧者则演剧有定所，此则巡回演之。然后来戏名、曲名中多用其名目，可知其与戏剧非毫无关系也。

第四节　曲　本

周密《武林旧事》所载官本杂剧段数计二百八十本，王国维氏就其目精密考之，则其用大曲者一百有三、用法曲者四，用诸宫调者二、用普通词调者三十有五。兹分别节叙于次：

（一）大曲一百有三本

（一）六幺二十本	（二）瀛府六本
（三）梁州七本	（四）伊州五本
（五）新水四本	（六）薄媚九本
（七）大明乐三本	（八）降黄龙五本
（九）胡渭州四本	（十）石州三本

（十一）大圣乐三本　　（十二）中和乐四本
（十三）万年欢二本　　（十四）熙州三本
（十五）道人欢四本　　（十六）长寿仙三本
（十七）剑器二本　　（十八）延寿乐二本
（十九）贺皇恩二本　　（二十）采莲三本
（二十一）保金枝一本　（二十二）嘉庆乐一本
（二十三）庆云乐一本　（二十四）君臣相遇乐一本
（二十五）泛清波一本　（二十六）彩云归二本
（二十七）千春乐一本　（二十八）罢金钲一本

以上百有三本皆为大曲，其为曲二十有八，而其中二十有六在教坊部四十大曲中，《宋史·乐志》及《文献通考》均可互勘。其《降龙》一曲别据张炎《词源》考定，《熙州》一曲据洪迈《容斋随笔》考定，当系不列坊部之大曲也。

（二）法曲四本　《宋史·乐志》有法曲部，其曲二，一曰道调《宫望瀛》，二曰小石调《献仙音》。《词源》谓大曲片数即遍数。与法曲相上下，则二者略相似也。

（三）诸宫调二本　按此即以诸宫调填曲也。

（四）普通词调三十本

（五）其不见于宋词而见于金元曲调者九本

王氏云："此二百八十本中，其用大曲、法曲、诸宫调、词曲调者共一百五十余本，已过全数之半，则南宋杂剧殆多以歌曲演之，与滑稽戏迥异。其用大曲、法曲、诸宫调者，则曲之片数颇多，以敷衍一故事自觉不难；其单用词调及曲调者只有一曲，当以此曲循环敷演，如传踏之例，此在元、明南曲中尚得发见其例也。”又谓此二百八十本不皆纯正之戏剧，其考证详见原书，文繁不具录。

此项官本杂剧虽著录于宋末，然其中实有北宋之戏曲，不可不知也。据王氏考证，有如《王子高六幺》一本，实神宗元丰以前之作。赵彦卫《云麓漫钞》载：“王迥，字子高。旧有周琼姬事，胡徽之为作传，或用其传作六幺。”朱彧《萍洲可谈》亦云：“王迥美姿容，有才思。少年时不甚持重，间为狎邪辈所诬，播入乐府。今六幺所歌奇俊王家郎者，乃迥也。元丰初，蔡持正举之，可任监司，神宗忽云：‘此乃奇俊王家郎乎？’持正叩头请罪。”则此曲实作于神宗时，然至南宋末尚存，吴文英《梦窗乙稿》中《惜秋华》词自注尚及之，然其为北宋之作，无可疑也。又如《三爷老大明乐》《病爷老剑器》二本，中国夙未闻有此，疑是契丹语。《唐书·房琯传》：“彼曳落河虽多，岂能当我刘秩等。”“曳落河”即《辽史》屡见之“拽剌”，《辽史·百官志》云：“走卒谓之拽剌。”元马致远《荐福碑》杂剧尚有“曳剌”，为从傔之属。“爷老”二字，当亦“曳剌”之同音异译。此必北宋与辽盟聘时输入之语，则此二本当亦为北宋之作。以此推之，恐尚不止此数本。然则此二百八十本，与其视为南宋之作，不若视为两宋之作为妥也。

盖戏曲之作始于何时，虽无从为详实之考定，然宋《崇文总目》已有《周优人曲辞》二卷，原释云：“周吏部侍郎赵上交、翰林学士李昉、谏议大夫刘陶、司勋郎中冯古纂录燕优人曲辞。”此燕为守光之燕或契丹之燕，其曲词为乐曲或剧曲，均不可考。《宋史·乐志》亦言："真宗不喜郑声，而或为杂剧词，未尝宣布于外。"《梦粱录》亦云："向者汴京教坊大使孟角球曾做杂剧本子，葛守诚撰四十大曲。"则北宋已有戏曲无疑矣。

第五节　脚　色

于此有当赘及者，戏剧中之脚色，宋人书中亦有可考之资料。据王氏所考定者，节录其要如次：

脚色之名，在唐时只有"参军""苍鹘"，至宋而其名稍繁。《梦粱录》云："杂剧中'末泥'为长，每一场四人或五人。中略。'末泥色'主张，'引戏色'分付，'副净色'发乔，'副末色'打诨。或添一人，名曰'装孤'。"《辍耕录》所述略同。唯《武林旧事》所载乾淳教坊乐部中，杂剧三甲，一甲或八人或五人，其所列脚色五，则有"戏头"而无"末泥"，有"装旦"而无"装孤"，而"引戏""副净""副末"三色则同，唯"副净"则谓之"次净"耳。《梦粱录》谓"杂剧中末泥为长"，则"末泥"或即"戏头"。然"戏头""引戏"实出古舞中之"舞头""引舞"，则"末泥"亦当出于古舞中之"舞末"。《东京梦华录》云："舞旋多是雷中庆，舞曲破攧前一遍舞者入场，至歇拍，一人入场，对舞数拍，前舞者退，独后舞者终其曲，谓之'舞末'。"末之名当出于此。又长言之，则为"末尼"也。"净"者，"参军”之促音。宋代演剧时，“参军色”手执竹竿子以句之，见《东京梦华录》。亦如唐代协律郎之举麾乐作偃麾乐止相似，故参军亦谓之“竹竿子”。由是观之，则“末泥色”以主张为职，“参军色”以指麾为职，不亲在搬演之列。故宋戏剧中，“净”“末”二色反不如“副净”“副末”之著也。

《梦粱录》所谓“‘末泥色’主张，‘引戏色’分付，‘副净色’发乔，‘副末色’打诨”，此四语实能道尽宋代脚色之职分也。“主张”“分付”，皆编排命令之事. 故其自身不复演剧。“发乔”者，盖乔作愚谬之态以供嘲讽，而“打诨”则益发挥之以成一笑柄也。试细玩滑稽剧，无在不可见“发乔”“打诨”二者之关系。至他杂剧虽不知如何，然谓“副净”“副末”二色为古剧中最重之脚色，无不可也。

至“装孤”“装旦”二语，亦有可寻味者。元人脚色中有“孤”、有“旦”，其实二者非脚色之名。“孤”者当时官吏之称，“旦”者妇女之称，其假作官吏、妇女者，谓之“装孤”“装旦”则可，若径谓之“孤”与“旦”则已过矣。“孤”者，当以帝王官吏自称孤寡，故谓之“孤”。“旦”与“妲”不知其义，然《青楼集》谓张奔儿为风流旦、李娇儿为温柔旦，则“旦”疑为宋元倡伎之称。优伶本非官吏，又非妇人，故其假作官吏妇人者，谓之“装孤”“装旦”也。

宋时杂剧，歌者与演者果否一人，亦所当考。滑稽剧之言语必由演者自言之，至自唱歌曲与否，则当视此时已有代言体之戏曲与否以为断。若仅有叙事体之曲，则歌唱与动作或尚分为二事。惜其剧本无一存者，今遂无从论定耳。

第七章

宋之小说

第一节　诨词小说之由来

小说家昉于两汉。班固《汉书·艺文志》云：

> 小说家者流，盖出于稗官，街谈巷语，道听途说者之所造也。孔子曰："虽小道，必有可观者焉，致远恐泥，是以君子弗为也。"然亦弗灭也。闾里小知者之所及，亦使缀而不忘，如或一言可采，此亦刍荛狂夫之议也。

如淳注："细米为稗。街谈巷语，细碎之言也。王者欲知闾巷风俗，故立稗官，使称说之。"此盖与周代国风相似。王者采以入官，可资政治得失之参考者也。魏晋六朝，代有作者，然皆细碎之言，大率以记佚事、志怪异为宗。至唐而作者弥众，始有专述一人一事之短篇，所谓传奇小说是也。其体裁为秾艳绮缛之文言，大抵骚人墨客著述上之余事也。

宋之小说所以度越前代者，盖其作者不以专门著作为事，而以对于一般社会传播灌输为事，是曰诨词小说。诨者，突梯滑稽博人笑粲，以视街谈巷语、道听途说，其猥琐盖又加甚焉。

诨词小说在宋代渐次发达之程序，据近人考证，大抵萌芽于北宋仁宗以前，逮南渡以后至理宗朝而大盛，今所传世之话本数种，多南渡后作品也。仁宗时，宋兴方百年，海内承平，文物烂然，诨词小说遂应运而作，明郎瑛《七修类稿》云：

> 小说起宋仁宗，盖时太平甚久，国家闲暇，日欲进一奇怪之事以娱之，故小说得胜头回之后，即云“话说赵宋某年”。

是时不独宫禁以此为娱，民间亦有之。《东坡志林》云：“王彭尝云，涂巷中小儿薄劣，其家所厌苦，辄与钱令聚坐听说古话。至说三国事，闻刘玄德败，颦蹙眉有出涕者；闻曹操败，即喜唱快。”孟元老《东京梦华录》亦谓当时京瓦伎艺，有“霍四究说三分”“尹常卖五代史”。

别有所谓“淘真”者，说话而杂以谈唱，亦始于北宋。《七修类稿》又云：

> 闾阎淘真之本之起，亦曰：“太祖、太宗、真宗帝，四祖仁宗有道君。”国初瞿存斋过汴之诗有云：“陌头盲女无愁恨，能拨琵琶说赵家。”皆指宋也。

“淘真”一作“陶真”，《尧山堂外记》云：“杭州瞽女唱古今小说评话，谓之‘陶真’。”南渡后，孝宗受禅，以天下养太上，命侍从访民间故事，日进一回说话人，而诨词小说乃益盛行。明人刊《古今小说》序云：

> 南宋供奉局有说话人，如今说书之流。

是则禁中以此为娱，且有专司其事者矣。洪迈《夷坚志》云：“吕德卿偕其友同出嘉会门外茶肆中坐，见有幅纸云‘今晚讲说《汉书》。’”又吴自牧《梦粱录》云：“有王六大夫，于咸淳间敷衍《复华篇》及中兴名将传，听者纷纷。”是时民间相习成风，倘所谓草上之风必偃欤。

第二节 说话人之家数

由上节观之，今所传世之宋人平话，莫非当时说话人之底本。孝宗时，禁中有说话人隶供奉局，若在民间者则家数不一，孟元老《东京梦华录》举其目凡五：

> （一）小说　（二）合生　（三）说诨话
> （四）说三分　（五）说五代史

吴自牧《梦粱录》则分为下列四家：

（一）小说　（二）谈经——说参　（三）讲史书

（四）合生

灌园耐得翁《都城纪胜》亦分为四家，大致同《梦粱录》。谈经说参者，谈佛学说参禅也。讲史与小说异派，而小说一家又分下列三类：

（一）银字儿　如烟粉、灵怪、传奇。

（二）说公案　如搏拳提刀赶棒及发迹变态之事。

（三）说铁骑儿　如士马金鼓之事。

周密《武林旧事》载诸色伎艺人，与杂剧、傀儡、影戏等并举者，亦分四家如下：

（一）演史　乔万卷以下二十三人。**张小娘子、宋小娘子、陈小娘子三女流。**

（二）说经诨经　长啸和尚以下十七人。有

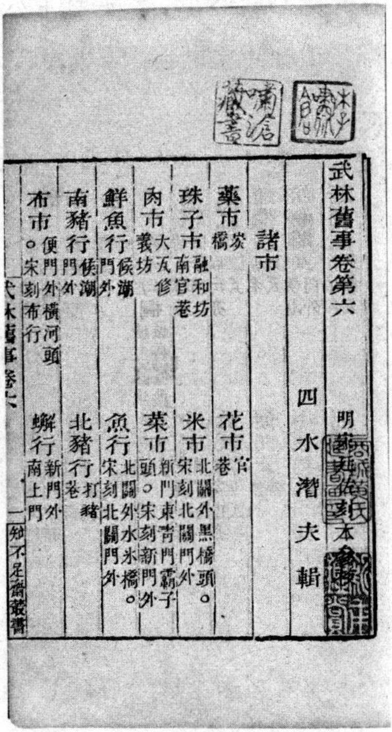

武林舊事卷第六

四水潛夫輯

諸市

藥市 炭橋　花市 官巷

珠子市 融和坊南官巷　米市 北關外黑橋頭。宋刻北關門外

肉市 大瓦修義坊　菜市 新門東青門霸子頭。宋刻新門外

鮮魚行 候潮門外　魚行 北關外水冰橋。宋刻北關門外

南豬行 候潮門外　北豬行 打豬巷

布市 便門外橫河頭。宋刻布行　蟳行 新門外南上門

《事林广记》书影

元至顺年间西园精舍刊本

陆妙慧、陆妙静二女流。

（三）小说　蔡和以下五十二人。有女流史惠英。

（四）说诨话　蛮张四郎。一人。

《武林旧事》独缺“合生”一家。按高承《事物纪原》云：

《唐书·武平一传》：“平一上书，此来妖伎胡人，于御坐之前，或言妃主情貌，或刊王公名质，咏歌舞蹈，名曰‘合生’。始自王公，稍及闾巷。”即是合生之原起自唐中宗时也，今人亦谓之“唱题目”。

是则“合生”者，说话而兼有歌舞，合于杂剧之性质居多，与小说之关系较浅。

第三节　传世之话本四种

钱曾《也是园书目》戏曲部有宋人词话十二种，其目如下：

灯花婆婆　风吹轿儿　冯玉梅团圆　种瓜张老　错斩崔宁　简帖和尚　紫罗盖头　小亭儿　李焕生五阵雨　女报冤西湖三塔　小金钱

“词话”者，说话而间以词也。宋人话本见于清代藏书家目录者只此。而此十二种中，今惟《冯玉梅团圆》及《错斩崔宁》两种复传于世，至《平妖传》卷首以《灯花婆婆》为引子，则已非全文矣。

宋人话本今所次第复出于人间者，《宣和遗事》最先。清嘉庆间黄丕烈刊入“士礼居丛书”中，近年商务印书馆复校定印行，有孙毓修跋云：

> 《宣和遗事》旧传士礼居二卷本，黄荛翁跋谓，“戊辰冬得一本，己巳春游杭州登城隍山，于坊间又获一本，与前所得本正同，而前所缺失一一完好，原本多讹舛处，复赖旧钞校之。以卷中‘惇’避讳作‘惇’证之，当出宋刊”云云。是黄氏所据者，乃合二残刻、一旧钞参校而成。前年宗室盛意园之书散出，中有《宣和遗事》一种，卷首题“金陵王氏洛川校正重刊”一行，“惇”字亦阙笔作“惇”，以元、亨、利、贞离为四集，俗文讹字，弥望皆是。盖宋元人词话，多当时坊肆雕本，故写校不工，所见《五代史平话》等书亦然。取校黄刻，此本较多佳处，黄本缺字亦赖此补出，且首尾完善，偶有脱叶，亦经前人补足。黄先生未见全本，今居然见之，岂不可喜！因为付印，以广其传。至黄本二卷而此分四集，则《述古堂书目》《百川书志》俱载四卷，当是高、钱二家编录之时改集为卷，免与他书歧出耳。此书宋时实有二本，如魏野《东观集》之类，不必致疑也。元本半叶九行，行二十字，今录副时误九行为十行，手民仍之，兹为记出，以存

古书面目。乙卯八月，孙毓修跋于涵芬楼。

其次为《五代史平话》，清末曹元忠得于常熟张敦伯家，经董康影印行世。曹元忠跋云：

> 宋巾箱本《五代史平话》，于梁、唐、晋、汉、周各分上下二卷，惜梁史、汉史皆缺下卷，虽上卷尚存回目，而梁史已敚去数叶，不能补矣。元忠于光绪辛丑游杭，得自常熟张大令敦伯家，以压归装。顾各家书目皆未著录，博访通人，亦惊以为罕见秘籍。偶忆《梦粱录》小说讲经史门有云："讲史书者，谓讲说《通鉴》汉唐历代书史文传兴废争战之事，有戴书生、周进士、张小娘子、宋小娘子、丘机山、徐宣教。"疑此平话或出南渡小说家所为而书贾刻之，故目录及每卷首尾辄大书"新编五代某史平话"也。惟刊自坊肆，每于宋讳不能尽避，其称魏徵及贞观处则皆作"魏证""正观"，要亦当时习惯使然。是书近为吾友武进董大理授经景刊行世，写刻之精，无异宋椠，他日藏书家或与士礼居本《宣和遗事》并传乎？宣统辛亥七月，吴曹元忠跋于京邸之凌波榭。

又其次为《京本通俗小说》，民国四年缪荃孙得于亲串妆奁中，刻入《烟画东堂小品》。所得凡九种，仅刻七种，其目如下：

碾玉观音　菩萨蛮　西山一窟鬼　志诚张主管　拗相公错斩崔宁　冯玉梅团圆

以上七种，原第十卷至十六卷，盖残本也。缪荃孙跋云：

宋人平话即章回小说。《梦粱录》云："说话有四家，以小说家为最。"此事盛行于南北宋，特藏书家不甚重之，坊贾又改头换面，轻易名目，遂至传本寥寥天壤。前只士礼居重刻《宣和遗事》，近则曹君直重刻《五代史平话》，为天壤不易见之书。余避难沪上，索居无俚，闻亲串妆奁中有旧钞本书，类乎平话。假而得之，杂庋于《天雨花》《凤双飞》之中，搜得四册，破烂磨灭，的是影元人写本。首行"京本通俗小说第□卷"，通体皆减笔小写，阅之令人失笑。三册尚有钱遵王图书，盖即也是园中物。《错斩崔宁》《冯玉梅团圆》二回见于书目，而宋人词话标题"词"字乃"评"字讹耳。所引诗词皆出宋人，雅韵欲流，并有可考者。如《碾玉观音》一段，"三镇节度延安郡王"指韩蕲王、"秦州雄武军刘两府"是刘琦、"杨和王"是杨沂中，官衔均不错。尚有《定州三怪》一回破碎太甚，《金主亮荒淫》两卷过于秽亵，未敢传摹。与也是园有合有不合，亦不知其故。岁在旃蒙单阏，江东老蟫跋。

缪氏所遗之《金主亮荒淫》两卷，后经叶德辉刊行，题曰

《金虏海陵王荒淫》，则原第二十一卷也。叶德辉跋云：

此《京本通俗小说》中之二十一卷。所叙乃金主亮荒淫之事，一一与《金史·后妃列传》海陵妃嬖诸传相合，当时修史诸臣或据记载采入，非甚之之辞也。书中译名多同旧本《金史》，与今武英殿本重译者小异，然殿本固注明原译，可复按也。《京本小说》为虞山钱遵王述古堂藏书，其前《碾玉观音》《冯玉梅团圆》《拗相公》《西山一窟鬼》等七种已经艺风老人影写刊行，余此一卷，以秽亵弃之。吾谓金亮起自戎索，荼毒中原，恃其武威，淫暴无复人理，所谓罪浮于桀纣，虐过于政广。史臣谓其戾气感召，身由恶终，使天下后世，称无道主者以海陵王为首，洵不诬也。是书传自《金史》，译于宋人，非独恨其为国仇，亦有族类之感。故一则曰“虏中书”，再则曰“骚挞子”，描写金亮禽兽之行，颇觉酣畅淋漓。其稍异者，此书谓萧拱与柔妃有染，亮故杀之。史则谓妃入宫非处子，亮疑萧拱，竟致之死，意史臣为萧拱讳与？时在丁巳闰二月春分，郎园记。

又有再跋云：

中国风俗语言，皆随时随地而变更。三代以上有方言、有文言。其后蛮夷通道，侵入蛮语；五胡乱华，杂以胡言。迨用之日久，不独语言袭之，即行文亦袭之。周秦诸子、《史》《汉》以后至于南北各史亦皆袭之。唐以来，古文义法行，而此等方言俚语，遂不见于文人记载之书，而或时见唐宋人小说中，然不能详也。详者惟传奇杂剧，及金元人北曲。按其辞多无意义，且不知其来历也。今此书中所引谚语，如“鸡踏雄，狗交恋”“羊肉不得吃，空惹一身臊”“癞蛤蟆躲在阴沟洞里，指望天鹅肉吃”“嘻嘻哈哈，不要惹他。脸儿狠狠，一问就肯”“黄花女儿做媒，自身难保”等类，今皆有之。又如讥翁奸妇曰“爬灰”，屈指时光曰“约摸”，亦作“约莫”，称人貌美曰“标致”，听人戏弄曰“听人做作”，男女交合曰“干事”，拔擢人曰“抬举”，人有邪行曰“不正气”，设计诱人曰“圈套”，允诺此事曰“招架”，做事细致曰“水磨工夫”，求免曰“告饶”，此件事曰“这桩事”，舍此处往他处曰“跳槽”，骂人曰“狗才”，奴仆曰“小底”，获利曰“撰钱”，器物曰“家伙”，妇人称男子曰“活宝”，亦相沿至今而未改变。其他“竹夫人”“汤婆子”等物名，今皆相同。假使当时此等小说流传尚多，正不知有多少隽语也。丁巳夏五再记。

《大唐三藏取经诗话》最后出，亦话本也。而曰“诗话”者，以其说话而杂以诗句也。故《也是园书目》所谓“词话”，未必“评话”之讹。此乃日本三浦将军所藏，罗振玉假以影印，时在民国五年。叶德辉补刻《海陵王荒淫》一卷，尚在其后。王国维跋云：

宋椠《大唐三藏取经诗话》三卷，日本高山寺旧藏。今在三浦将军处，阙卷上第一叶，卷中第二三叶。卷末有“中瓦子张家印”款一行。中瓦子为宋临安府街名，倡优剧场之所在也。吴自牧《梦粱录》卷十九云：“杭州之瓦舍，内外合计有十七处。如清冷桥熙春楼下谓之南瓦子、市南坊北三元楼前谓之中瓦子。”又卷十五：“铺席门保佑坊前张官人经史文籍铺，其次即为中瓦子前诸铺。”此云“中瓦子张家印”盖即《梦粱录》之张官人经史子文籍铺。南宋临安书肆，若太庙前尹家、太学前陆家、鞔鼓桥陈家，所刊书籍，世多知之。中瓦子张家，唯此一见而已。此书与《五代平话》《京本小说》及《宣和遗事》体例略同。三卷之书，共分十七节，亦后世小说分章回之祖。其称“诗话”，非唐宋士大夫所谓“诗话”，以其中有诗有话，故得此名。其有词有话者，则谓之“词话”。《也是园书目》有宋人词话十六种，《宣和遗事》其一也。词话之名，非遵王所能杜撰，必此十六种中有题词话者。此有诗无词，故名“诗话”，皆《梦粱录》《都城纪胜》所谓说话之一种也。书中载玄奘取经皆出猴行者之力，即《西游演义》所本。又考陶南村《辍耕录》所载院本名目，实金人之作，中有《唐三藏》一本。《录鬼簿》载元吴昌龄杂剧，有《唐三藏西天取经》，其书至国初尚存。《也是园书目》有吴昌龄《西游记》四卷，《曹楝亭书目》有《西游记》六卷，无名氏传奇汇考，亦有《北西游记》云。今用北曲，元人作，盖即昌龄所撰杂剧也。今金人院本、元人杂剧皆佚，而南宋人所撰话本尚存。岂非人间希有之秘笈乎？闻日本德富苏峰尚藏一大字本，题“大唐三藏取经记”，不知与小字本异同何如也？乙卯春，海宁王国维。

又罗振玉跋云：

宋人平话传世最少，旧但有《宣和遗事》而已。近年若《五代平话》《京本小说》，渐有重刊本，此外仍不多见。此三浦将军所藏，予借付景印，宋人平话之传人间者，遂得四种。《四库全书总目》杂史类存目《平播始末》条，言《永乐大典》有平话一门，所收至夥，皆优人以前代轶事敷衍成文而口说之。今《大典》已散佚，庚子拳匪之乱，翰林院火，《大典》烬余，有以糊油篓及包裹食物者，其幸完者皆流入海外。辛亥国变，官寺所储亦为人盗窃分散，今一册不存，平话一门不知人间尚存残帙否？念之慨叹！丙辰九月，上虞罗振玉记。

观上列诸家跋语，可知各种话本之次第复见于人间，除《宣和遗事》外，皆在近二十年内，至文学家津津乐道之，又最近十余年来事也。

宋代平话原本复见于世者，具如上述，其为明人所辑刻者，则有《古今小说》及《喻世明言》《警世通言》《醒世恒言》。此四书我国今日已无传本，惟日本尚有之。据日本盐谷温所撰《论明之小说“三言”及其他》一文，及其“宋明通俗小说流传表”，则上述之《京本通俗小说》八种皆辗转传刻，易其名而存其实，兹列表于下：

《京本通俗小说》	《警世通言》
拗相公	拗相公饮恨半山堂
菩萨蛮	陈可常端阳仙化
碾玉观音	崔待诏生死冤家
冯玉梅团圆	范鳅儿双镜重圆
西山一窟鬼	一窟鬼懒道人除怪
志诚张主管	张主管志诚脱奇祸
	《醒世恒言》
金虏海陵王荒淫	金海陵纵欲亡身
错斩崔宁	十五贯戏言成巧祸

盐谷温氏“宋明通俗小说流传表”内具列《古今小说》及“三言”全目，其间当不乏宋人原本，不仅此八种已也。欲考其详，有盐谷温氏原书在，兹不赘述。

第四节　话本作者之时代

《宣和遗事》之复传于世，虽远在有清嘉庆间，然苟以文学眼光测之，其艺术殊劣。若更加考证，则此书作者或非宋人。此书可分两大部分。元集、亨集为白话，叙述宋江作乱及徽宗幸李师师两段故事；利集、贞集为浅近文言，叙述金兵南下、二帝北狩以迄高宗偏安、秦桧用事，皆史事也。贞集录刘后村咏史诗一首，作全书结束。按刘克庄生于宋淳熙十四年丁未，卒于宋咸淳五年己巳，又十年为己卯而宋亡。是此书之成，最早当在南宋垂亡之前。又元集述太宗与陈抟论治道一节云：

> 太宗欲定京都，闻得华山陈希夷先生名抟表德图南的，精于数学，预知未来之事，宣至殿下。太宗与论治道，留之数日。一日，太宗问："朕立国以来，将来运祚如何？"陈抟奏道："宋朝以仁得天下，以义结人心，不患不久长。但卜都之地，一汴、二杭、三闽、四广。"太宗再三诘问，抟但唯唯不言而已。在后高宗中兴，定都杭州，盖将前定之数，亦非偶然也。

此处虽未明言迁闽、迁广之事实，以符所谓前定之数，然自来小说家言，往往就过去之陈迹衍为豫知之神话。宋之亡也，陆秀夫负帝昺赴海死，或作者已及见其事，故于书中述陈抟豫知未来云云。遂附会之以神其说，是则此书之成或竟在入元以后，其作者或是宋之遗民耳！

又此书利、贞两集所叙事实，皆抄自宋人史部诸书，或直录、或节录、或夹录、或译录，即其元、亨两集，或当时另有两种通俗小说专述宋江与李师师故事，作者全部录入，稍加贯穿而名之曰“宣和遗事”，杂凑成书，故亦无复章法可言。近人著中国小说史，略谓“《宣和遗事》乃由作者掇拾故事，益以小说，补缀联属，勉成一书”，又因书中“吕省元”“南儒”皆元代语，其称宋高宗直呼“皇子构”，不避庙讳，疑此书或出元人，或宋人旧本而元时增修，皆不可知。

《京本通俗小说》，今复出于世者八种，就其原文钩证，类多作于南宋。如《冯玉梅团圆》篇云“我宋建炎年间”，《错斩崔宁》篇云“我朝元丰年间”，《菩萨蛮》篇云“大宋绍兴年间”，《拗相公》篇云“我宋元气都为熙宁变法所坏”，此皆可证明通俗小说产生之时代为南宋。又《菩萨蛮》篇与《冯玉梅团圆》篇皆称高宗，高宗崩于1187年，则此等小说作于孝宗以后，又可证明。至《海陵王荒淫》一篇内称：“我朝端平皇帝破灭金国，直取三京，军士回杭，带得虏中书籍不少。”按“端平”乃宋理宗年号，是时宋人与蒙古同灭金国，后四十余年蒙古南侵，南宋亦亡，则《海陵王荒淫》一篇必作于宋室垂亡之时无疑也。

《大唐三藏取经诗话》，据王国维跋，以其卷末有“中瓦子张家印”款一行，定为南宋刊本。其为宋人著作，自可断言。

《新编五代史平话》，曹元忠跋疑其每于宋讳不能尽避，而又以当时习惯使然为解。今按《周史》卷下始叙及宋太祖，则曰“是时宋太祖赵匡胤为世宗宿卫将”，似非宋人口吻。又《周史》卷上叙郭威即位处，间以诗云：“忆昔潭州推戴时，欺人寡妇与孤儿。周朝才得九年后，寡妇孤儿又被欺。”又卷下开篇诗曰：“五代都来十二君，世宗英特更仁明。中略。皇天倘假数年寿，坐使中原见太平。”似皆不为宋太祖留余地。其不能尽避宋讳，又不仅区区名字已也。然则今所传世之《五代史平话》，或亦宋人原本而经元人窜定者欤？故宋人平话之尚传人间者仅四种，而《宣和遗事》与《五代平话》又皆元人重订之本，非宋时原书矣。

第五节　各种话本之艺术观

若以体裁之优拙评次上述各平话之高下，则《京本通俗小说》八种，实为鼓舞元、明白话文学之前茅。盖此种短篇小说之体裁，为后来白话小说所沿袭者，可于后述两端见之。

每种开端有所谓“得胜头回”者，别叙他事，隐括全文大意。如《错斩崔宁》开端云：

> 这回书单说一个官人，只因酒后一时戏笑之言，遂至杀身破家，陷了几条性命。且先引下一个故事来，权做个得胜头回。

此种小说之体制，什九先以闲话或他事，后乃缀合以入正文，大抵诗词之外亦用故实，或取相类、或取不同而多为时事，取不同者由反入正，取相类者较有浅深，忽而相牵，转入本事，故叙述方始而主意已明。凡其上半谓之“得胜头回”，盖说书人开讲之前，听众未齐，打鼓开场，须先讲诗词或说故事。如《碾玉观音》用诗词为引子，《西山一窟鬼》连用十五首词为引子，《错斩崔宁》以魏进士故事为引子，《冯玉梅团圆》以徐信夫妻团圆为引子，此皆说话开场之“得胜头回”也。此法后来遂成为小说开篇之公式，短篇小说如《今古奇观》《醉醒石》等，长篇小说如《平妖传》《水浒传》《儒林外史》《红楼梦》等，莫不沿用此例。

复次，每种或分若干回，其分回处，往往在一段事实之紧要关头，此法亦为后来章回小说所沿用。一回应作一次解，盖说书者说至紧要关头，听众正聚精会神，亟欲知其究竟如何之时，而说书者忽然起立，宣诵收场诗两句，而续其下曰：“要知后事如何，且听下回分解。”于是息鼓收摊，向听众告别而去，此之谓“一回书”。

通俗小说中，《碾玉观音》分上下两回。上回之末，叙述崔宁与秀秀逃居潭州，某日，宁至湘潭县揽得玉作生活，回路归家。其下文云：

> 正行间，只见一个汉子，头上带个竹丝笠儿。中略。挑着一个高肩担儿，正面来，把崔宁看了一看。崔宁却不见这汉面貌，这个人却见崔宁，大踏步尾着崔宁来。正是：
>
> 谁家稚子鸣榔板，惊起鸳鸯两处飞。

此正全书紧要关头，而说话人说至此处，诵收场诗两句，忽告停止，第一回遂完。下回说话人却另从刘两府之词说起，遥遥转入崔宁。此种分段法，与后来长篇小说分回完全相同。如《水浒传》第八回之末写林冲被绑在树上，下文云：

> 薛霸便提起水火棍来，望着林冲脑袋上劈将来，可怜豪杰束手就死。正是：
>
> 万里黄泉无旅店，三魂今夜落谁家。
>
> 毕竟林冲性命如何，且听下回分解。

试持此以例《碾玉观音》分段处，可以知其演变之迹矣。

上述两端，悉本近人胡适所撰《宋人话本八种序》。胡氏又评定此八种中，《拗相公》一篇章法井然，《错斩崔宁》一篇描写精细。据此而论，不能不承认南宋末年白话文已臻发达，所谓活文学之基础已大定矣。其评《拗相公》也，谓《拗相公》一篇必属知识阶级中人所作，章法颇有条理，内容正代表元祐党人后辈之见解。但作者甚有剪裁之能力，单写王安石罢相南归时途中亲身经历之事，使读者深觉有天怒人怨之景象，《宣和遗事》亦有骂安石一大段，但无文学意味，与此篇相较实有天渊之别。今日读者或为安石不平，但终不能否认南宋时代有此种反对安石之舆论，亦终不能否认此篇《拗相公》有文学趣味，骂人之言词巧妙便成一种艺术。

又其评《错斩崔宁》也，谓以小说之结构观之，《拗相公》一篇固甚佳，但只是一种巧妙之政治宣传品，实不得称为“通俗小说”，从文学上观之，《错斩崔宁》一篇当推为八篇中第一佳作，乃纯粹叙述故事之小说，描写甚细腻而有趣味，使人一气读下不肯释卷，其中亦无牵涉神鬼迷信之不自然之穿插，全用故事之本身，始终一气贯注。其中关系全篇布局之一段写得最佳，记叙与对话亦佳：

> 却说刘官人驮了钱，一步一步捱到家中敲门，已是点灯时分。小娘子二姐独自在家，没有一些事做，守得天黑，闭了门在灯下打瞌睡。刘官人打门，他那里便听见？敲了半晌方才知觉，答应一声“来了”，起身开了门。刘官人进去，到了房中，二姐替刘官人接了钱，放在桌上，便问：“官人何处挪移这项钱来，却是甚用？”那刘官人一来有了几分酒，二来怪他开得门迟了，且戏言吓他一吓。便道：“说出来又恐你见怪，不说时又须道你得知。只是我一时无奈，没计可施，只得把你典与一个客人，又因舍不得你，只典得十五贯钱。若是我有些好处，加利赎你回来，若是照前这般不顺溜，只索罢了。”那小娘子听了，欲待不信，又见十五贯钱堆在面前；欲待信来，他平白与我没半句言语，大娘子又过得好，怎么便下得这样狠心辣手？狐疑不决，只得再问道：“虽然如此，也须通知我爹娘一声。”刘官人道：“若是通知你爹娘，此事断然不成。你明日且到了人家，我慢慢央人与你爹娘说通，他也须怪我不得。”小娘子又问：“官人今日何处吃酒来？”刘官人道：“便是把你典与人，写了文书，吃他的酒才来的。”小娘子又问：“大姐姐如何不来？”刘官人道：“他因为不忍见你分离，待得你明日出了门才来。这

也是我没计奈何，一言为定。”说罢，暗地忍不住笑，不脱衣裳睡在床上，不觉睡去了。那小娘好生摆脱不下：“不知他卖我与甚色样人家？我预先去爹娘家里说知，就是他明日有人来要我，寻到我家，也须有个下落。”沉吟一会，却把这十五贯钱一垛儿堆在刘官人脚后边，趁他酒醉，轻轻的收拾了随身衣服，款款的开了门出去，拽上了门，却去左边一个相熟的邻舍叫做朱三老儿家里，与朱三妈借宿了一夜，说道：“丈夫今日无端卖我，我须先去与爹娘说知，烦你明日对他说一声。既有了主顾，可同我丈夫到爹娘家中来讨个分晓，也须有个下落。”那邻舍道：“小娘子说得有理。你只顾自去，我便与刘官人说知就里。”过了一宵，小娘子作别去了。

胡氏谓如此细腻之描写、漂亮之对话，乃白话散文文学正式成立之纪元。可以与此一段抗衡者，尚有《西山一窟鬼》中王婆说媒之一段，与《海陵王荒淫》中贵哥定哥说风情之一大段。此三大段，皆代表发达至甚高地步之白话散文，《五代史平话》《宣和遗事》《唐三藏取经诗话》中所未有也。

胡氏自述，始尝以为元人文学程度幼稚，元代尚是白话文草创时代，决非成人时代，两宋更无论矣。及见《京本通俗小说》，乃知南宋晚年之白话小说已甚发达。特其思想或尚幼稚，如《西山一窟鬼》；见解或甚错误，如《拗相公》；材料或不免杂乱，如《海陵王荒淫》及《宣和遗事》，未能尽美尽善耳。

第八章

宋文学作者小传

第一节　宋散体文作者依第二章论述之先后为序

柳开，字仲涂。大名人。著书自号“东郊野夫”，又号“补亡先生”，作二传以见意。开宝六年进士，历典州郡，终于如京使。有《河东集》十五卷、附录一卷。

梁周翰，字元褒。郑州管城人。十岁能属词。周广顺二年举进士，入宋为秘书郎，直史馆。真宗在储宫知其名，及即位，擢为翰林学士，迁工部侍郎。有集五十卷，不传。

高锡，字天福。河中虞乡人。幼颖悟能属文。汉乾祐中举进士，入宋官左拾遗、知制诰，加屯田员外郎。太平兴国八年卒。

范杲，字师回。大名宗城人，宰相质兄子也。太宗朝官知制诰，改右谏议大夫、知濠州，召修《太祖实录》，至京师而卒。与柳开善，更相引重，始终无间。

王禹偁，字元之。济州钜野人。太平兴国八年进士，官至翰林学士知制诰，屡以事谪守郡，终于知蕲州。有《小畜集》

三十卷、《小畜外集》七卷。

范仲淹，字希文。其先邠州人，后徙家江南，遂为吴县人。大中祥符八年进士，历官资政殿学士、户部侍郎，知青州，卒赠兵部尚书、谥文正。有《文正集》二十卷、别集四卷、补编五卷。

丁谓，字谓之，后更字公言。苏州长洲人。淳化三年登进士甲科，真宗朝官至同中书门下平章事、昭文馆大学士、监修国史，进尚书左仆射、门下侍郎平章事兼太子少师，旋拜司空，封晋国公。仁宗即位，进司徒兼侍郎，为山陵使，后贬崖州，明道中卒于光州。所著诗文数万言，不传。

孙何，字汉公。蔡州汝阳人。十岁识音韵，十五能属文。淳化三年登进士甲科，真宗朝官至知制诰。有集四十卷，不传。

孙仅，字邻几。少勤学，与兄何俱有名于时。咸平元年登进士甲科，真宗朝官至左谏议大夫，知河中府。有集五十卷，不传。

孙甫，字之翰。许州阳翟人。少好学，慕孙何为古文章。举进士，历官中外，终于侍读，卒赠右谏议大夫。有文集七卷，不传。

夏竦，字子乔。江州德安人。景德三年举贤良方正，官至武宁军节度使，谥文庄。有《文庄集》三十六卷。

宋庠，字公序。安陆人，徒居雍丘。天圣二年进士第一，历官检校太尉平章事、枢密使，封莒国公，以司空致仕，卒谥元宪。有《宋元宪集》四十卷。

宋祁，字子京。庠弟也。天圣二年进士，官至翰林学士承旨，卒谥景文。有《宋景文集》六十二卷、补遗一卷、附录一卷。

苏舜钦，字子美。其先梓州人，家开封。景祐中进士，累迁集贤校理，监进奏院，坐事除名，后复为湖州长史而卒。有《苏学士集》十六卷。

穆修，字伯长。郓州人。苏舜钦集有修哀文，称其咸平中举进士得出身，而集中《上颍州刘侍郎书》称其以大中祥符中窃进士第，邵伯温《易学辨惑》亦称修为祥符二年梁固榜进士，《宋史》本传又云真宗东封，诏举齐鲁经行之士，修预选，赐进士出身。所述小异，似当以自叙为确也。有《穆参军集》三卷、附录遗事一卷。

尹洙，字师鲁。河南人。天圣二年进士，授绛州正平主簿，以荐为馆阁校勘，累迁右司谏、知渭州兼领泾原路经略公事，以争水洛城事移庆州，复为董士廉所讼，贬崇信军节度副使，徙监均州酒税卒。有《河南集》二十七卷。

孙复，字明复。晋州平阳人。举进士不第，退居泰山，仁宗朝除秘书省校书郎、国子监直讲，后迁殿中丞卒。有《孙明复小集》一卷。

石介，字守道。兖州奉符人。天圣八年进士及第，初授嘉州判官，后以直集贤院出通判濮州。有《徂徕集》二十卷。

李觏，字泰伯。建昌南城人。皇祐初以荐授太学助教，终海门主簿、太学说书。有《盱江集》三十七卷、外集三卷。

祖无择，字择之。上蔡人。登进士第，历官龙图阁学士、知通进银台司，坐事谪忠正军节度副使，移知信阳军卒。有《龙学文集》十六卷。

欧阳修，字永叔。庐陵人。天圣八年省元，中进士甲科，累擢知制诰、翰林学士，历枢密副使、参知政事。神宗朝，迁刑部尚书，以太子少师致仕，卒赠太子太师，谥文忠。晚号“六一居士”。有《文忠集》一百五十三卷、附录五卷。

曾巩，字子固。南丰人。嘉祐占二年进士，调太平州司法参军，召为集贤校理，出知福、明诸州，神宗时官至中书舍人。有《元丰类稿》五十卷。

王安石，字介甫。临川人。庆历二年进士，神宗朝累除知制诰、翰林学士，拜同中书门下平章事，加尚书左仆射兼门下侍郎，封荆国公。卒谥曰文，崇宁间追封舒王。有《临川集》一百卷。

苏颂，字子容。南安人，徙居丹阳。庆历二年进士，官至右仆射、同中书门下平章事，罢为集禧观使。徽宗立，进太子太保，累爵赵郡公，卒赠司空魏国公。有《苏魏公集》七十二卷。

王珪，字禹玉。成都华阳人，后徙舒。举庆历二年进士第二，授大理评事，累官翰林学士、知开封府兼侍读学士，神宗时拜尚书左仆射门下侍郎。哲宗即位，封岐国公，卒赠太师、谥文恭。有《华阳集》六十卷、附录十卷。

司马光，字君实。陕州夏县人。以父池任入官，宝元初登进士甲科，官至左仆射兼门下侍郎，薨于位，赠太师温国公，谥文正。有《传家集》八十卷。

刘敞，字原父，号公是。临江新喻人。庆历六年举进士，官至集贤院学士。有《公是集》五十四卷。

刘攽，字贡父，号公非。与其兄敞同登庆历六年进士第，官至中书舍人。有《彭城集》四十卷。

苏洵，字明允。眉山人。官秘书省校书郎，以霸州文安县主簿修《太常因革礼》，书成而卒。有《嘉祐集》十六卷、附录二卷。

苏轼，字子瞻，洵长子。嘉祐二年进士乙科，对制策入三等，累除中书舍人、翰林学士，历端明殿学士、礼部尚书。绍圣初，坐讪谤，安置惠州，徙昌化。徽宗立，赦还，提举玉局观。建中靖国元年卒于常州，高宗朝赠太师，谥文忠。有《东坡全集》一百十五卷。

苏辙，字子由，洵次子。与兄轼同登进士，举制科。哲宗朝代轼为翰林学士，累拜尚书右丞，进门下侍郎。自绍圣初至崇宁，再被谪贬，晚居许州，复太中大夫致仕。自号“颍滨遗老”。卒，追复端明殿学士，淳熙中谥文定。有《栾城集》五十卷、后集二十四卷、三集十卷、《应诏集》十二卷。

黄庭坚。见第三节。

秦观。见第四节。

晁补之，字无咎。钜野人。元丰间举进士，试开封及礼部别院皆第一。元祐中除校书郎，绍圣末落职，监信州酒税。大观中起知泗州，卒于官。有《鸡肋集》七十卷。

张耒，字文潜。楚州淮阴人。登进士第，元祐中官至起居舍人，绍圣中谪监黄州酒税。徽宗朝召为太常寺卿，坐元祐党贬房州别驾，黄州安置。寻得自便，居于陈州，主管崇福宫卒。有《宛丘集》七十六卷。

陈师道。见第三节。

李廌，字方叔。阳翟人。少以文字见知于苏轼。元祐初，轼知举，意在必得廌以魁多士，及考章援程文，以为廌无疑，遂以为魁，既拆号怅然，廌竟无成而卒。有《济南集》八卷。

周敦颐，字茂叔。道州营道人。以舅龙图阁学士郑向恩补官，熙宁初，累官至广东转运判官、提点刑狱，因疾求知南康军，筑室庐阜下，号曰濂溪。嘉定中谥元公，淳祐元年封汝南伯，从祀孔子庙廷。有《周元公集》九卷。

邵雍，字尧夫。河南人。嘉祐中诏求遗逸，授将作监主簿，复举逸士，补颍州团练推官，皆称疾不起。名其居曰“安乐窝”，自号“安乐先生”。卒，赠秘书省著作郎，元祐中追谥康节。有《击壤集》二十卷。

张载，字子厚。先世大梁人，后居凤翔之横渠镇，学者称横渠先生。嘉祐二年进士，以荐为崇文院检书，同知太常礼院卒。有《崇文集》。

程颢，字伯淳。西洛人，大中大夫珦之子。举进士，神宗朝以荐为太子中允、监察御史里行，罢知扶沟县，责监汝州盐税，卒。文潞公题其墓曰“明道先生”。嘉定中追谥曰纯，封河南伯，淳祐元年从祀孔子庙廷。有《明道集》。

程颐，字正叔，颢弟。元祐初以荐授崇政殿说书，绍圣中削籍窜涪州，徙峡州，卒。学者称“伊川先生”。嘉定中追谥曰正，封伊阳伯，从祀孔子庙廷。有《伊川集》。

杨时，字中立。将乐人。熙宁九年进士，游二程之门，官至工部侍郎兼侍读，以龙图阁直学士提举杭州洞霄宫。卒，谥文靖，学者称“龟山先生”。有《龟山集》四十二卷。

谢良佐，字显道。上蔡人。释褐登进士第，授秦州教官。建中召对，除书局官，后复去为竞库，以飞语坐系诏狱褫官。学者称“上蔡先生”。

游酢，字定夫。建州建阳人。嘉祐间以文行知名，程明道典扶沟学，招使肄业。登元丰五年进士第，仕至监察御史，历知汉阳军和、舒、濠三州。学者称“广平先生”。有《游廌山集》四卷。

吕大临，字与叔。蓝田人。受学伊川之门，登进士，监凤翔府司竹监。元祐中除太学博士，迁秘书省正字。有《玉溪集》。

朱熹，字元晦，一字仲晦。世为徽州婺源人，父韦斋先生松宦游建阳之考亭，遂家焉。绍兴十八年中王佐榜进士，宁宗朝历官宝文阁待制，伪学禁起，落职奉祠，未几卒。累赠宝谟阁直学士，谥曰文。理宗朝赠太师，追封徽国公，从祀孔子庙廷。曾结草堂于建阳芦峰之云谷，扁以晦庵，亦号“云谷老人”。既又创竹林精舍，更号“沧州病叟”。最后因筮遇遯之同人，更名遯翁。有《晦庵集》一百卷、续集五卷、别集七卷。

吕祖谦，字伯恭。金华人。隆兴元年进士，复中博学宏词科，官至直秘阁著作郎、国史院编修。有《东莱集》四十卷。

陆九渊，字子静。金溪人，九韶弟。乾道八年进士，累官著作丞。光宗即位，除知荆门军务。卒，谥文安。自号象山翁，学者称“象山先生”。有《象山集》二十八卷、外集四卷，附语录四卷。

张栻，字敬夫。广汉人，浚子。以荫补官，孝宗朝历左司员外郎，除秘阁修撰，历知江陵府荆湖北路安抚使卒。嘉定中谥曰宣，从祀大成殿。有《南轩集》四十四卷。

周行己，字恭叔。永嘉人。师事程伊川，登元祐六年进士，官至秘书省正字。有《浮沚集》八卷。

郑伯熊，字景望。永嘉人。绍兴十五年进士，累授太子侍读、宗正少卿。卒，谥文肃。有集。

薛季宣，字士龙，号艮斋。永嘉人。绍兴二十九年，年甫十七，即从荆南帅辟写机宜文字，调鄂州武昌令，以王炎荐知常熟县，入为大理寺主簿，进大理寺正，知湖州。乾道元年迁知常州，未至卒。有《浪语集》三十五卷。

陈傅良，字君举，号止斋。温州瑞安人。乾道八年进士，官至中书舍人、宝谟阁待制。卒，谥文节。有《止斋文集》五十一卷、附录一卷。

叶适，字正则，自号“水心居士”。永嘉人。淳熙五年进士，官至宝文阁学士。卒，谥忠定。有《水心集》二十九卷。

陈亮，字同父。婺州永康人。淳熙中诣阙上书，光宗绍熙四年策进士擢第一，授签书建康府判官厅公事，未至而卒。端平初谥文毅。有《龙川文集》三十卷、《龙川词》一卷、补遗一卷。

陈耆卿，字寿老，号篔窗。台州临海人。登嘉定七年进士，官至国子司业。有《篔窗集》十卷。

王象祖，字德甫。台州临海人。学于叶水心。

陆游。见第三节。

楼昉，字旸叔，号迂斋。鄞县人。绍熙四年进士，历官守兴化军。卒，追赠直龙图阁。有《崇古文诀》三十五卷。

真德秀，字希元。浦城人。庆元五年进士，中词科，绍定中拜参知政事，进资政殿直学士，提举万寿观。卒，谥文忠。有《西山文集》五十五卷。

文天祥，字宋瑞，一字履善。吉安人。宝祐四年进士第一，度宗朝累迁直学士院、知赣州，德祐初除右丞相，兼枢密使。元兵至，奉使军前，被拘，亡入真州，泛海至温州。益王立，拜右丞相，以都督出江西，兵败被执，囚于燕京，四年不屈，死柴市。有《文山集》二十一卷。

谢枋得，字君直，号叠山。信州弋阳人。宝祐四年进士，咸淳中为江东提刑、江西招谕使。景炎帝以枋得为江东制置使，即弋阳起义兵，军溃，隐于闽。元征聘，累辞不就，后福建行省魏天佑迫胁至燕，不食死。门人诔之曰“文节先生”。有《叠山集》五卷。

魏天应，号梅野。建安人。谢枋得门人，厉鹗《宋诗纪事》据《叠山集》录其《送叠翁老师北行》诗一首。《四库总目提要》谓其号曰“梅墅”，未知孰是。

第二节　宋四六文作者依第三章论述之先后为序

徐铉，字鼎臣。广陵人。仕南唐为翰林学士，随李煜归宋，官至直学士院、给事中、散骑常侍，淳化初坐累谪静难军司马，卒于官。有《骑省集》三十卷。

王禹偁。已见第一节。

杨亿，字大年。建州浦城人。七岁善属文，雍熙初，年十一召试诗赋，授秘书省正字。淳化中，命试翰林，赐进士第。真宗朝历官知制诰，天禧中拜工部侍郎、翰林学士，兼史馆修撰。卒，赠礼部尚书，谥曰文。有《括苍》《武夷》《颍阴》《韩城》《退居》《汝阳》《蓬山》《辞荣》《冠鳌》等集，及《内外制》《刀笔》。今惟《武夷新集》二十卷传世。

刘筠，字子仪。大名人。咸平元年进士，累迁御史中丞、知制诰、翰林承旨，兼龙图阁直学士，卒。有《册府应言》《荣遇》《禁林》《肥川》《中司》《汝阴》《三入玉堂》七集。

钱惟演，字希圣，吴越忠懿王俶之子。少补牙门将，归宋，累官至同中书门下平章事。坐事落职，为崇信军节度使。归镇卒，谥曰思，改谥文禧。有《拥旄集》《伊川集》。

晏殊，字同叔。抚州临川人。七岁能属文。景德初，张知白以神童荐，赐进士出身，擢秘书省正字。庆历中，官至集贤殿学士、同中书门下平章事，兼枢密使。卒，赠司空兼侍中，谥元献。《东都事略》谓殊有文集二百四十卷，今皆不传。清康熙中慈溪胡亦堂辑有《晏元献遗文》一卷，又别传《珠玉词》一卷。

张咏，字复之，自号乖崖。濮州鄄城人。太平兴国五年进士，太宗朝官至枢密直学士，出知益州。真宗初，入为御史中丞，出知杭州，再知益州，进礼部尚书。卒，赠左仆射，谥忠定。有《乖崖集》十二卷、附录一卷。

夏竦。已见第一节。

宋庠。已见第一节。

宋祁。已见第一节。

胡宿，字武平。常州晋陵人。天圣二年进士，历官两浙转运使，召修起居注、知制诰，由翰林学士拜枢密副使，以太子少师致仕。卒，谥文恭。有《文恭集》五十卷、补遗一卷。

范仲淹。已见第一节。

欧阳修。已见第一节。

王安石。已见第一节。

元绛，字厚之。钱塘人。天圣八年进士，神宗朝累官翰林学士，拜参知政事，出知亳州，改颍州，致仕。卒，赠太子少师，谥章简。有《玉堂集》。

王珪。已见第一节。

司马光。已见第一节。

苏轼。已见第一节。

苏辙。已见第一节。

曾巩。已见第一节。

曾肇，字子开。南丰人，巩之弟也。治平四年进士，官至中书舍人、龙图阁学士，以元祐党籍贬濮州团练副使，汀州安置。崇宁中复朝散郎，归润州而卒。绍兴初追谥文昭。有《曲阜集》四卷。

刘敞。已见第一节。

刘攽。已见第一节。

吕诲，字献可。开封人，端之孙。登进士第，官殿中侍御史，熙宁初为御史中丞，与王安石不合，出知邓州，提举崇福宫，致仕。卒，赠通议大夫。

吕公著，字晦叔。寿州人。举进士，累官至右仆射兼中书侍郎，进拜司空、同平章军国事。卒，赠太师、申国公，谥正献。有集。

黄庭坚。见第三节。

秦观。见第四节。

张耒。已见第一节。

陈师道。见第三节。

晁补之。已见第一节。

晁咏之，字之道，补之弟。以荫入官，复登进士第，又中宏词科第一，除河中教授、元符上书，罢为京兆录事，以朝请郎提举崇福宫，卒。有《崇福集》。

李之仪，字端叔。《宋史》称沧州无棣人，而吴芾作前集序乃曰景城人。元丰中举进士，元符中监内香药库，以尝从苏轼幕府，为御史石豫劾罢。崇宁初，提举河东常平，坐草范纯仁遗表过于鲠直，忤蔡京意，编管太平。有《姑溪居士前集》五十卷、后集二十卷。

邓润甫，字温伯。建昌人。尝避高鲁王讳以字为名，别字圣求。第进士，累官至尚书左丞。卒，赠开府仪同三司，谥安惠。

林希，字子中，号醒老。福州人。嘉祐二年进士，哲宗朝累迁翰林学士、同知枢密院事，建中靖国初罢知扬州，徙舒州。未几卒，追赠资政殿学士，谥文节。

吕惠卿，字吉甫。晋江人。嘉祐二年进士，为真州推官。神宗朝累官翰林学士、参知政事，元祐初除建宁军节度副使，建州安置。崇宁中安置宣州，再移庐州，卒。有《东平集》。

韩宗彦，字师朴，琦子。以父任为将作监簿，复举进士，累官至左仆射兼门下侍郎，封仪国公，谪磁州团练副使致仕。

张舜民，字芸叟，自号“浮休居士”，又号矴斋。邠州人。中进士第，为襄乐令，累官龙图阁待制，知定州。坐元祐党籍谪商州，复集贤殿修撰。娶陈师道之姊。有《画墁集》八卷。

李清臣，字邦直。魏人，韩琦妻以兄子。举进士，治平二年举制科，历尚书右丞，徽宗朝拜门下侍郎，出知大名府，卒。有《淇水集》。

李邴，字汉老。济州任城人。崇宁五年进士，绍兴初拜参知政事、资政殿学士。寓泉州卒，谥文敏。有《云龛草堂集》。

汪藻，字彦章。饶州德兴人。登崇宁二年进士，历官显谟阁大学士、左太中大夫，封新安郡侯。有《浮溪集》三十六卷。

王安中，字履道。中山曲阳人。登进士第，累擢尚书左丞，出知燕山府，除大名尹，兼北京留守司公事。靖康初安置象州，绍兴初复左太中大夫，卒。有《初寮集》八卷、《初寮词》一卷。

孙觌，字仲益。晋陵人。徽宗末，蔡攸荐为侍御史。靖康初，蔡氏势败，乃率御史极劾之。金人围汴，李纲罢御营使，太学生伏阙请留，觌复劾纲要君，又言诸生将再伏阙，朝廷以其言不实，斥守和州。既而纲去国，复召觌为御史，专附和议，进至翰林学士。汴都破后，觌受金人女乐，为钦宗草表上金主，极意献媚。建炎初贬峡州，再谪岭外，黄潜善、汪伯彦复引之，使掌诰命。后又以赃罪斥，提举鸿庆宫，故其文称《鸿庆居士集》，凡四十二卷。

綦崇礼，字叔厚。高密人，后徙潍之北海。登重和元年上舍第，高宋朝累官至宝文阁学士，知绍兴府，退居台州。卒，赠左朝议大夫。有《北海集》四十六卷、附录三卷。

翟汝文，字公巽。润州丹阳人。登进士第，事徽、钦两朝，至显谟阁学士，出知越州。高宗时历官参知政事，以伉直忤秦桧罢归。卒，谥忠惠。有《忠惠集》十卷、附录一卷。

洪皓，字光弼。鄱阳人。政和五年进士，建炎三年以徽猷阁待制假礼部尚书，为大金通问使。既至金，金人迫使仕刘豫，皓不从，流递冷山，复徙燕京，凡留金十五年方得归。以忤秦桧贬官，安置英州而卒。久之始复徽猷阁学士，谥忠宣。有《鄱阳集》四卷。

洪适，初名造，后更今名，字景伯，皓长子。绍兴十二年中博学宏词科。孝宗朝历尚书右仆射、同中书门下平章事，兼枢密使，提举太平兴国宫。卒，谥文惠。有《盘洲集》八十卷。

洪遵，字景严，皓仲子。与兄适同中博学宏词科，赐进士出身。孝宗朝，召除翰林学士承旨，拜同知枢密院事、江东安抚使、资政殿学士，提举洞霄宫。卒，谥文安。有《小隐集》。

洪迈，字景卢，皓季子。绍兴十五年中博学宏词科，孝宗朝累迁中书舍人，兼侍读、直学士院，拜翰林学士，进焕章阁学士，知绍兴府，以端明殿学士致仕。卒，赠光禄大夫，谥文敏。有《野处猥稿》一百四卷，今惟《野处类稿》二卷行世。

周必大，字子充，一字洪道。庐陵人。绍兴二十一年进士，中博学宏词科，孝宗朝历右丞相，拜少傅，进益国公，宁宗朝以少傅致仕。卒，谥文忠。有《文忠集》二百卷、近体乐府一卷。

杨万里。见第三节。

陆游。见第三节。

楼钥，字大防。鄞县人。隆兴元年进士，官至参知政事，除资政殿大学士，提举万寿观。卒，谥宣献。有《攻愧集》一百十二卷。

李刘，字公甫，号梅亭。崇仁人。嘉定七年进士，历官中书舍人、直学士院、宝章阁待制。有《四六标准》四十卷。

真德秀。已见第一节。

王子俊，字材臣，号格斋。吉水人。周益公杨诚斋之客，安丙帅蜀，尝辟为制置使属官。其始末未详。所著《三松类稿》不传，今惟传《格斋四六》一卷。

卫博，《宋史》无传，其集诸家亦未著录，惟散见《永乐大典》中。考宋《中兴百官题名记》载，乾道四年正月卫博以枢密院编修官，四月致仕，知其终于是职。有《定庵类稿》四卷。

周南，字南仲。吴郡人。淳熙庚戌登甲科，官至秘书省正字。有《山房集》九卷。

李廷忠，字居厚，橘山其号也。於潜人。淳熙八年进士，历知无为教官、旌德知县，终于夔州通判。有《橘山四六》二十卷。

陈耆卿。已见第一节。

王迈，字实之。兴化军仙游人。嘉定十年进士，淳祐中知邵武军，予祠。卒，赠司农少卿。有《臞轩集》十六卷。

刘克庄。见第三节。

方岳。**见第三节**。

文天祥。**已见第一节**。

王应麟，字伯厚。庆元人，自署浚仪，盖祖籍也。淳祐元年进士，宝祐四年复中博学宏词科，官至礼部尚书兼给事中。有《深宁集》不传，今惟《四明文献集》五卷行世。

第三节　宋诗作者**依第四章论述之先后为序**

徐铉。**已见第二节**。

潘阆，大名人。晁公武《郡斋读书志》谓其字曰逍遥，江少虞《事实类苑》则谓其自号“逍遥子”。太宗时召对，赐进士第，后坐事亡命，真宗捕得之，释其罪，以为滁州参军。有《逍遥集》一卷。

寇准，字平仲。华州下邽人。年十九举进士，真宗朝官至中书侍郎兼吏部尚书、同平章事、景灵宫使，进尚书右仆射、集贤殿大学士，遭谗贬死雷州。殁后十一年，封莱国公，又赐谥忠愍。有《寇忠愍公诗集》三卷。

王禹偁。**已见第一节**。

林逋，字君复。杭州钱塘人。初放游江淮间，久之归杭州，结庐西湖之孤山，二十年足不及城市。真宗闻其名，赐粟帛，诏长吏岁时劳问。既卒，州为上闻，仁宗嗟悼，赐谥和靖先生，赙粟帛。有《和靖诗集》四卷。

魏野，字仲先，号草堂居士。先世蜀人，徙于陕州。真宗闻其名，召之不出。天禧三年卒，赠秘书省著作郎。有《东观集》十卷。

杨亿。已见第二节。

刘筠。已见第二节。

钱惟演。已见第二节。

李宗谔，字昌武。深州饶阳人，宰相昉之子。第进士，真宗朝为学士，历右谏议大夫。有集不传。

陈越，字损之。开封尉氏人。咸平中举贤良方正，历著作佐郎、直史馆，官至左正言。

李维，字仲方。肥乡人，平章沆之弟。雍熙二年进士，真宗初擢知制诰、翰林学士，历工部尚书、柳州观察使，出知陈州卒。有集。

刘骘，官工部员外郎、直集贤院。

丁谓。已见第一节。

刁衎，字元宾。升州人。仕南唐为集贤校理，归宋授太常寺太祝，真宗朝累迁直秘阁、兵部郎中。有集。

张咏。已见第二节。

钱惟济，字岩夫，惟演弟。归宋历恩州刺史，加检校司空，改保静军观察留后。卒，谥宣惠。有《玉季集》。

任随，仕太常丞，直集贤院。

舒雅，字子正。歙人。南唐时随计金陵，韩熙载知贡举，擢为第一。归宋，累迁职方员外郎，咸平末出守舒州，秩满乞致仕，就掌灵仙观。大中祥符二年直昭文馆，卒。

晁迥，字明远。澶州清丰人，其父始徙家彭门。太平兴国五年进士，擢右正言、直史馆、知制诰，为翰林学士承旨，天禧中判西京留司御史台，以太子少保致仕，加少傅。卒，赠太子太保，谥文元。有《翰林集》《道院集》。

崔遵度，字坚白。本江陵人，后徙淄州。太平兴国八年进士，咸平中为左司谏、直史馆，后迁左谕德，卒官。有文集。

薛映，字景阳。蜀人。进士及第，历知制诰，右谏议大夫知杭州，仁宗朝官礼部尚书、集贤院学士，分司南京。卒，赠右仆射，谥文恭。

刘秉，官左谏议大夫、枢密直学士。

晏殊。已见第二节。

苏舜钦。已见第一节。

梅尧臣，字圣俞。宣城人。以荫补斋郎，嘉祐初召试，赐进士，擢国子监直讲，历尚书都官员外郎，卒。有《宛陵集》六十卷、附录一卷。

石延年，字曼卿。先世幽州人，自其祖迁宋城，遂为宋城人。累举进士不中，真宗录二举进士以为三班奉职，遂得入仕，官至秘阁校理，迁太子中允，同判登闻鼓院。有集不传。

欧阳修。已见第一节。

王安石。已见第一节。

王令，元城人，幼随其叔祖乙居广陵，遂为广陵人。初字钦美，后王萃字之曰逢原。少不检，既而折节力学，王安石以妻吴氏之妹妻之，年二十八卒。有《广陵集》三十卷、拾遗一卷。

苏轼。已见第一节。

苏辙。已见第一节。

张耒。已见第一节。

秦观。见第四节。

晁补之。已见第一节。

李廌。已见第一节。

孔文仲，字经父，嘉祐六年进士，官中书舍人。武仲字常父，嘉祐八年进士，官礼部侍郎。平仲字毅父，治平二年进士，官金部郎中。有《清江三孔集》四十卷。

僧道潜，於潜人。苏轼守杭州，卜智果精舍居之，《墨庄漫录》载其本名昙潜，轼为改曰道潜。轼南迁，坐得罪返初服，建中靖国初诏复祝发。崇宁末，归老江湖，尝赐号“妙总大师”。有《参寥子集》十二卷。

僧惠洪，一名德洪，字觉范。筠州人。大观中游丞相张商英之门，商英败，惠洪亦坐累谪朱崖。有《石门文字禅》三十卷。

黄庭坚，字鲁直。洪州分宁人。举进士，为叶县尉，历秘书丞。绍圣初坐修《神宗实录》失实，贬涪州别驾，黔州安置。建中靖国初召还，知太平州，复除名，编管宜州，卒。自号“山谷道人”。有《山谷内集》三十卷、外集十四卷、别集二十卷、词一卷、简尺二卷。

陈师道，字无己，一字履常。彭城人，号后山居士。元祐中以苏轼、傅尧俞、孙觉荐，授徐州教授。绍圣初，历秘书省正字，扈从南郊，不屑服赵挺之衣，以寒疾卒。有《后山集》二十四卷。

潘大临，字邠老。齐安人。有《柯山集》，不传。

谢逸，字无逸。临川人。屡举不第，以诗文自娱。有《溪堂集》十卷。

洪朋，字龟父。南昌人，黄山谷之甥。两举进士不第，年仅三十八而卒。有《洪龟父集》二卷。

洪刍，字驹父。绍圣元年进士，靖康中为谏议大夫。汴京失守，坐为金人括财，流沙门岛卒。有《老圃集》二卷。

饶节，字德操。抚州人。尝为曾布客，后与布书论新法不合，乃祝发为浮屠，更名如璧，挂锡灵隐。晚主襄阳之天宁寺，号倚松老人。有《倚松老人集》二卷。

僧祖可，字正平。丹阳人。苏伯固坚。之子养直庠。之弟，住庐山，被恶疾，人号“癞可”。有《东溪集》《瀑泉集》。

徐俯，字师川。洪州分宁人。绍兴初赐进士出身，累官端明殿学士、签书枢密院事、权参知政事。有《东湖集》。

林敏修，字子来。蕲春人。有《无思集》。

洪炎，字玉父。元祐末登第，南渡后官秘书少监。有《西渡集》二卷、补遗一卷。

汪革，字信民。自歙徙临川。绍圣四年试礼部第一，分教长沙，又为宿州教授。蔡氏当国，以周王宫教召不就，复为楚州教官，卒。有《青溪集》。

李錞，字希声。官至秘书丞。有集。

韩驹，字子苍。蜀之仙井监人。政和中召试，赐进士出身，除秘书省正字，累除中书舍人，兼权直学士院。高宗即位，知江州。有《陵阳集》四卷。

李彭，字商老。南康军建昌人，公择从孙。有《日涉园集》十卷。

晁冲之，字叔用，说之从弟。在群从中独不第，授承务郎。有《具茨集》十五卷。

江端友，字子我。陈留人，休复之孙。以元祐党隐居封丘门外，靖康初吴敏荐召见，以为承务郎，赐进士出身，为诸王宫教授。遭黜渡江，寓居桐庐之鸬鹚源，后为太常少卿。有《七里先生自然集》。

杨符，字信祖。有诗集。

谢苙，字幼槃。逸从弟，以诗文与苙媲美，时称“二谢”。有《竹友集》十卷。

夏倪，字均父。蕲州人，竦之孙。宣和中自府曹左官祈阳监酒，终知江洲。有《远游堂集》。

林敏功，字子仁。蕲州人，敏修之兄。以《春秋》预乡荐，不第。有《高隐集》。

潘大观，字仲达，大临弟也。有诗集，不传。

王直方，字立之。汴人。以荫补承奉郎，元祐中延致名士唱和，号归叟。有诗话并集。

僧善权，字巽中，靖安高氏子。人物清癯，人目为瘦权，落魄嗜酒。有《真隐集》。

高荷，字子勉，荆南人。自号“还还先生”。元祐太学生，晚为童贯客，得兰州通判以终。有《还还集》。

吕本中，字居仁，好问之子。官至中书舍人，兼侍讲、权直学士院。学者称为“东莱先生”。有《东莱诗集》二十卷。祖谦其从孙也，后人因祖谦与朱子游，其名最著，亦称为“东莱先生”。而本中以诗擅名，诗家多称“吕紫微”“东莱”之号稍隐。

陈与义，字去非，号简斋。洛阳人。登政和三年上舍甲科，绍兴中官至参知政事。有《简斋集》十六卷、《无住词》一卷。

曾几，字吉甫。赣县人，徙居河南。以兄弼恤恩授将仕郎，试吏部优等，赐上舍出身。高宗朝历官江西、浙西提刑，忤秦桧去位，侨寓上饶茶山寺，自号“茶山居士”。桧死，召为秘书少监，权礼部侍郎，提举玉隆观，致仕。卒，谥文清。有《茶山集》八卷。

陆游，字务观。越州山阴人，佃之孙。以荫补登仕郎，隆兴初赐进士出身。范成大帅蜀为参议官，人讥其颓放，因自号放翁。嘉泰初诏同修国史兼秘书监，升宝章阁待制。有《剑南诗稿》八十五卷、《渭南文集》五十卷、逸稿二卷。

尤袤，字延之。无锡人。绍兴十八年进士，官至礼部尚书，谥文简。《宋史》本传载所著《遂初小稿》六十卷、《内外制》三十卷，陈振孙《书录解题》载《梁溪集》五十卷，今并久佚。世所传《梁溪遗稿》一卷，则清康熙中尤侗所辑，盖百分仅存其一矣。

范成大，字致能，号石湖居士。吴郡人。绍兴二十四年进士，孝宗时累官权吏部尚书，拜参知政事，进资政殿学士，提举洞霄宫。卒，谥文穆。有《石湖诗集》三十四卷。

杨万里，字廷秀，自号诚斋。吉水人。绍兴二十四年进士，光宗朝历秘书监，出为江东转运副使，再召皆辞，宁宗朝以宝谟阁学士致仕。卒，赠兴禄大夫、谥文节。有《诚斋集》

一百三十三卷。

朱熹。已见第一节。

姜夔。见第四节。

陈傅良。已见第一节。

叶适。已见第一节。

薛季宣。已见第一节。

陈亮。已见第一节。

徐照，字道晖，一字灵晖。永嘉人。“四灵”之首也。有《芳兰轩集》一卷，尝自号曰“山民”，故其集又曰《山民集》。

徐玑，字文渊，一字致中，号灵渊。“永嘉四灵”之二也。有《二薇亭集》一卷。

翁卷，字续古，一字灵舒。“永嘉四灵”之三也。尝登淳祐癸卯乡荐，终于布衣。有《西岩集》一卷。

赵师秀，字紫芝，号灵秀。永嘉人，太祖八世孙。绍熙元年进士，浮沉州县，终于高安推官。“永嘉四灵”之四也。有《清苑斋集》一卷。

严羽，字仪卿，一字丹丘。邵武人。自号“沧浪逋客”，有《沧浪集》二卷。

陈起，字宗之。钱塘人。开书肆于睦亲坊，亦号“陈道人”。宝庆初，以诗祸为史弥远所流配。有《芸居乙稿》《芸居遗诗》各一卷。

刘克庄，字潜夫。莆田人。以荫入仕，淳祐中赐同进士出身，官至龙图阁直学士。初受业真德秀，而晚节不终，年八十乃失身于贾似道。卒，谥文定。有《后村集》五十卷。

戴复古，字式之。天台人。尝登陆游之门，所居有石屏山，因以为号。有《石屏集》六卷、《石屏词》一卷。

方岳，字巨山，号秋崖。歙县人。绍定五年进士，淳祐中为赵葵参议官，移知南康军，以杖舟卒忤荆帅贾似道，后知袁州又忤丁大全，被劾罢归。有《秋崖集》四十卷。

文天祥。已见第一节。

谢翱，字皋羽，一字皋父。闽之长溪人，后徙浦城。咸淳中试进士不第，文天祥开府延平，署为咨议参军，天祥兵败，避地浙东。有《晞发集》十卷，《晞发遗集》二卷、遗集补一卷，附《天地间气集》一卷，《西台恸哭记注》一卷，《冬青引注》一卷。

谢枋得。已见第一节。

刘辰翁，字会孟。庐陵人，须溪其所居地名也。少补太学生，景定壬戌廷试入丙第，以亲老请濂溪书院山长。宋亡，遂不复出。有《须溪集》十卷。

薛嵎，字仲止，一字宾日。永嘉人。宝祐四年进士，官长主溪簿。有《云泉诗》一卷。

汪元量，字大有，号水云。钱塘人。元陈泰《所安遗集》中尚有《送钱塘琴士汪水云》诗，泰乃延祐二年进士，则元量亦云老寿矣。有《水云集》一卷、《湖山类稿》五卷。

林景熙，一作景曦，字德阳，号霁山。温州平阳人。咸淳七年太学释褐，官礼部架阁，转从政郎。宋亡不仕，会杨琏真伽发宋诸陵，以遗骨建镇南塔，景熙以计易真骨葬之，其忠义感动百世。有《林霁山集》五卷。

真山民，始末不可考。或云，李生乔尝叹其不愧乃祖文忠西山，考真德秀号曰西山，谥曰文忠，以是疑其姓真。或云，本名桂芳，括苍人，宋末尝登进士。有《真山民集》一卷。

第四节　宋词作者依第五章论述之先后为序

晏殊。已见第二节。

晏幾道，字叔原，号小山，殊之幼子。熙宁中郑侠上书下狱，悉治平时所往还厚善者，幾道亦在其中，从侠家搜得其诗，裕陵称之殆得释，事见《侯鲭录》。有《小山词》一卷。

柳永，初名三变，字耆卿。崇安人。景祐元年进士，官至屯田员外郎，故世号“柳屯田”。有《乐章集》一卷。

欧阳修。已见第一节。

韩琦，字稚圭。安阳人。天圣中进士第二，历同中书门下平章事、集贤殿大学士，累封魏国公。卒，赠尚书令，谥忠献。徽宗论定策勋，赠魏郡王。有《安阳集》五十卷。

范仲淹。已见第一节。

韩缜，字玉汝。灵寿人，徙雍丘。登进士第，累官至尚书右仆射，兼中书侍郎，出知颍昌府，以太子太保致仕。卒，赠司空、崇国公，谥庄敏。

王安石。已见第一节。

张先，案仁宗时有两张先，皆字子野。其一博州人，枢密副使张逊之孙，天圣三年进士，官至知亳州，卒于宝元二年，欧阳修为作墓志者是也。其一乌程人，天圣八年进士，官至都官郎中，精于填词者也。其词曰《安陆集》一卷、附录一卷。

宋祁。已见第一节。

苏轼。已见第一节。

黄庭坚。已见第三节。

秦观，字少游，一字太虚。高邮人。举进士。元祐初，苏轼以贤良方正荐除秘书省正字，兼国史院编修官。绍圣初坐党籍削秩，监处州酒税，徙郴州，编管横州，又徙雷州，放还，至藤州卒。有《淮海集》四十卷、后集六卷、长短句三卷。

晁补之。已见第一节。

张耒。已见第一节。

陈师道。已见第三节。

贺铸，字方回。卫州人。唐谏议大夫知章之后，自号“庆湖遗老”。初以婚于宗女，授右班殿直，元祐中李清臣奏换通直郎，通判泗州、太平州，卒。有《庆湖遗老集》九卷、《东山寓声乐府》三卷、补遗一卷。

程垓，字正伯。眉山人。有《书舟词》一卷。

李之仪。已见第三节。

毛滂，字泽民。衢州江山人。官至祠部员外郎，知秀州。有《东堂集》十卷、词一卷。

谢逸。已见第三节。

周紫芝，字少隐。宣城人。绍兴中登第，历官枢密院编修官，出知兴国军。自号“竹坡居士”。有《太仓稊米集》七十卷、《竹坡词》三卷。

赵令畤，字德麟，燕王德昭元孙。元祐中签书颍州公事，坐与苏轼交通罚金。绍兴初袭封安定郡王，同知行在大宗正事。

王诜，字晋卿。开封人。选尚英宗女秦国大长公主，为利州防御使，以党籍贬均州，历定州观察使、开国公驸马都尉。卒，赠昭化军节度使，谥荣安。

王观，字通叟。高邮人。嘉祐二年进士，累迁大理丞、知江都县，尝著《扬州赋》及《芍药谱》。

晁冲之。已见第二节。

李廌。已见第一节。

杜安世，字寿域。京兆人。其事迹本末，陈振孙已谓未详。有《寿域词》一卷。

朱服，字行中。乌程人。熙宁六年进士，徽宗朝官集贤殿修撰，知广州，黜知袁州，再贬蕲州安置。

刘泾，字巨济。简州阳安人。熙宁六年进士，历国子监丞，知处、虢、真、坊四州。元符末上书召对，除职方郎中，卒。有《前溪集》。

章楶，字质夫。浦城人。治平四年进士甲科，徽宗朝拜同知枢密院事，授资政殿学士、中太乙宫使。卒，谥庄简。

王安国，字平甫，安石弟。神宗召试赐第，为秘阁校理，吕惠卿引连郑侠狱夺官，卒。有集，不传。

王雱，字元泽，安石子。未冠登进士，累官龙图阁直学士。

苏过，字叔党，轼季子。仕至权通判中山府。家颍昌营湖阴，水竹数亩，名曰“小斜川”，自号“斜川居士”。有《斜川集》。

周邦彦，字美成。钱塘人。元丰中献《汴都赋》，召为太乐正。徽宗朝仕至徽猷阁待制，出知顺昌府，徙处州卒，自号“清真居士”。有《片玉词》二卷、补遗一卷。

晁端礼，字次膺。熙宁六年进士，两为县令，忤上官坐废，晚以承事郎为大晟府协律。有《闲适集》。

万俟雅言，自号“词隐”。游上庠不第，崇宁中充大晟府制撰。有《大声集》五卷。

吕滨老，字圣求。嘉兴人。陈振孙《书录解题》作“吕渭老”，考嘉定壬申赵师岃序亦作“滨老”，未详孰是。有《圣求词》一卷。

向子諲，字伯恭。临江人，钦圣宪肃皇后再从侄。元符初以恩补官，南渡初，历徽猷阁直学士，知平江府。有《酒边词》二卷。

蔡伸，字伸道。莆田人，襄之孙。自号“友古居士”。宣和中，官彭城倅，历官左中大夫。有《友古词》一卷。

方千里，信安人。官舒州签判。有《和清真词》一卷。

杨泽民，乐安人。亦有《和清真词》一卷。

曹组，字元宠。颍昌人。宣和三年进士，召试中书换武阶，兼阁门宣赞舍人，仍给事殿中，官止副使。有《箕颍词》一卷。

叶梦得，字少蕴，号石林。吴县人。绍圣四年进士，南渡后官至崇信军节度使。有总集一百余卷，今惟传《石林居士建康集》八卷、《石林词》一卷。

朱敦儒，字希真。洛阳人。绍兴五年以荐起，赐进士出身，为秘书省正字，兼兵部郎官，迁两浙东路提点刑狱，上疏乞归，居嘉禾，晚除鸿胪少卿。有《樵歌》三卷。

王灼，字晦叔，号颐堂。遂宁人。绍兴中尝为幕官。有《颐堂词》一卷、《碧鸡漫志》五卷。

李清照，号易安居士。济南人。格非之女，湖州守赵明诚之妻也。有《漱玉词》一卷。

辛弃疾，字幼安。历城人。官至龙图阁待制，进枢密都承旨。卒谥忠敏。有《稼轩词》十二卷。

陆游。已见第三节。

刘过，字改之。庐陵人。当宋光宗、宁宗时，以诗游谒江湖，韩侂胄尝欲官之，使金国而轻率漏言，卒以穷死。有《龙洲集》十四卷、《龙洲词》一卷。

刘克庄。已见第三节。

陈亮。已见第一节。

姜夔，字尧章。鄱阳人。萧东甫爱其词，妻以兄子，因寓居吴兴之武康，与白石洞天为邻，自号“白石道人”，又号石帚。庆元中曾上书乞正太常雅乐，得免解，迄不第。有《白石诗集》一卷、附《诗说》一卷，《白石道人歌曲》四卷、别集一卷。

张辑，字宗瑞。鄱阳人，自号东泽。有《东泽绮语》一卷、《清江渔谱》一卷。

卢祖皋，字申之，又字次夔，号蒲江。永嘉人。登庆元五年进士，嘉定中为军器少监，权直学士院。有《蒲江词》一卷。

高观国，字宾王。山阴人。有《竹屋痴语》一卷。

史达祖，字邦卿，号梅溪。汴人。韩侂胄之堂吏也。有《梅溪词》一卷。

蒋捷，字胜欲，自号竹山。宜兴人。德祐中尝登进士，宋亡之后，遁迹不仕以终。有《竹山词》一卷。

周密，字公谨，号草窗。先世济南人，其曾祖随高宗南渡，因家湖州。淳祐中尝官义乌令，宋亡不仕，终于家。有《蘋洲渔笛谱》二卷。

陈允平，字衡仲，一字君衡。四明人，号西麓。有《西麓继周集》一卷、《日湖渔唱》一卷。

吴文英，字君特，号梦窗。庆元人。有《梦窗稿》四卷、补遗一卷。

王沂孙，字圣与，号碧山，又号中仙。会稽人。有《碧山乐府》一卷，一名《花外集》。

张炎，字叔夏，号玉田，又号乐笑翁，循王张俊之五世孙。家于临安，宋亡之后潜迹不仕，纵游浙东西，落拓以终。有《山中白云词》八卷。

康与之，字伯可。渡江初以词受知高宗，官郎中。有《颐庵乐府》。

赵鼎，字元镇，号得全居士。解州闻喜人。登崇宁五年进士第，累官尚书左仆射、同中书门下平章事，兼枢密使。卒，赠太傅，追封丰国公，谥忠简。有《忠正德文集》十卷。

李邴。已见第二节。

汪藻。已见第二节。

楼钥。已见第二节。

陈克，字子高。临海人。绍兴中为勅令所删定官，自号“赤城居士”，侨居金陵。有《天台集》。

张抡，字材甫，号莲社居士。有《莲社词》一卷，附《道情鼓子词》一卷。

周必大。已见第二节。

张孝祥，字安国。历阳乌江人。绍兴二十四年进士第一，孝宗朝累迁中书舍人、直学士院，领建康留守，寻以荆南湖北路安抚使进显谟阁直学士致仕。有《于湖集》四十卷、词五卷，又拾遗一卷、补一卷。

韩元吉，字无咎，宰相维之元孙。以任子仕，历龙图阁学士、吏部尚书。尝居广信溪南，自号“南涧居士”。有《南涧甲乙稿》二十二卷。

张镃，字功甫。西秦人，居临安，俊诸孙。官奉议郎，直秘阁。有《南湖集》十卷。

曾觌，字纯甫，号海野老农。汴人。孝宗受禅，以潜邸旧人除权知阁门事，淳熙中除开府仪同三司，加少保、醴泉观使。有《海野词》一卷。

韩玉，有《东浦词》一卷。案是时有二韩玉。刘祁《归潜志》曰：“韩府判玉，字温甫。燕人。少读书尚气节，擢第入翰林为应奉文字，后为凤翔府判官。大安中，陕西帅府檄授都统，或诬以有异志，收鞫死狱中。”《金史》《大金国志》并同，此一韩玉也，其人终于金。叶绍翁《四朝闻见录》曰：“司马文季使北不屈，生子名通国，盖本苏武之意。通国有大志，尝结北方之豪韩玉举事，未得要领。绍兴初，玉挈家而南，授江淮都督府计议军事。其兄璘在北，亦与通国善。癸未九月以扇寄玉诗，都督张魏公见诗，甲申春遣信往大梁，讽璘、通国等至亳州，为逻者所获，通国、璘等三百余口同日遇害。”此又一韩玉也，其人由金而入宋。撰《东浦词》者，后之韩玉也。

张元干，字仲宗，自号“芦川老隐”。长乐人，向伯恭之甥。绍兴中坐送胡邦衡词得罪除名。有《芦川归来集》十卷、《芦川词》一卷。

侯寘，案陈振孙《书录解题》称真字彦周，东武人。绍兴中以直学士知建康。有《孏窟词》一卷。

扬无咎，字补之，自号“逃禅老人”。清江人。诸书“扬”或作“杨”，案《图绘宝鉴》称无咎祖汉子云，其字从“才”不从“木”，则作“杨”误也。有《逃禅词》一卷。

王千秋，字锡老，审斋其号也。东平人。有《审斋词》一卷。

杨炎正，字济翁。庐陵人。有《西樵语业》一卷。按陈振孙《书录解题》载《西樵语业》一卷，杨炎正济翁撰。马端临《文献通考》引之，误以“正”字为“止”字，毛晋刻六十家词遂误以“杨炎”为姓名，以“止济翁”为别号。近时所印，始改刊“杨炎正”姓名，跋中“止济翁”字亦追改为“杨济翁”。然旧印之本与新印之本并行，名字两歧，颇滋疑惑。故厉鹗《宋诗纪事》辨之曰：“尝见《西樵语业》旧钞本，作‘杨炎正济翁’。后考《武林旧事》载杨炎正《钱塘迎酒歌》

一首，《全芳备祖》亦载此诗，称‘杨济翁’。是炎正其名，济翁其字无疑也。”

洪咨夔，字舜俞。於潜人。历官端明殿学士。有《平斋文集》三十二卷、《平斋词》一卷。

赵长卿，自号“仙源居士”。南丰人，宗室子也。有《惜香乐府》十卷。

黄机，字几仲，一云字几叔。东阳人。有《竹斋诗余》一卷。

毛幵，字平仲。信安人，旧刻题曰“三衢”，盖偶从古名也。尝为宛陵东阳二州倅。有《樵隐词》一卷。

黄公度，字师宪。莆田人。绍兴八年进士第一，历官考功员外郎。有《知稼翁集》二卷、词一卷。

戴复古。已见第三节。

黄升，字叔旸，号玉林，又号花庵词客，以所居有玉林，又有散花庵也。有《散花词》一卷。

朱淑真，海宁女子，自称幽栖居士。有《断肠词》一卷。